산행 18시간

정석화 수필과 소설

차례

수필
산행 18시간

차례 – 산행 18시간	3
차례 – 위대한 대한민국	5
책을 내며	7
17살 해병대 일등병	10
선 밸리와 봉평	16
또 한번의 조난사고	21
생 떽쥐베리의 야간비행	26
기이한 연(緣), 헤드 랜턴	30
스티브와 제이슨	34
산행일지	38

| 차
| 례

소설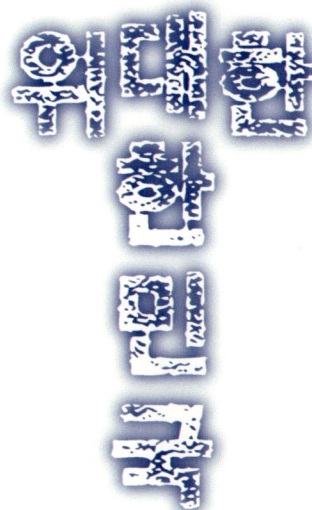

머리말	44
서울과 평양	48
한국 항공모함 박정희 함	55
미국 와싱턴 DC	80
일본 도쿄	88
일본 후쿠시마 시설	96
도쿄 해군 중장과 마쓰시타 공군 중장	105
중국 베이징	114
일본 항모 도쿄 함	128
베이징 폭격	140
중국의 기적적인 제기	146
중국의 핵 반격	152
일본의 완전 수몰	161
아 영광의 한반도 (새로운 세계사)	166
작가소개	180
언론기고문	186

책을 내며

    이 책은 4년 전 출간된 소설 위대한 대한민국과 수필 산행 18시간을 엮은 단편집이다.
    위대한 대한민국의 초판이 나온 지 꼭 4년이 되었고 그동안에도 과학 기술이 현저히 발전된 것은 우리 모두가 보고 느끼고 있는 사실이다. 이 책도 그런 변화에 따르고자 새로 편집하고자 하는 것이다.
    출간을 마지막으로 손질해 달라는 출판사의 부탁을 받고 미국을 떠나기 일주일 전에 있었던 일은 내 인생에서 빼놓을 수 없다.
    미국 유타 주의 리틀 코튼 우드Little Cottonwood 지역에서 산행 도중 홀로 길을 잃고 무려 18시간의 사투 끝에 이튿날 새벽 3시에 기적적으로 구조된 사고가 있었다. 이 목숨 살려주신 하나님, Spencer 외 7명의 전문 구조대원 및 Unified Police Department 여러분에게 생명의 은인으로 감사드린다.
    또 끝까지 애태우며 찾아주신 우리 산악동지들은 산악인의 정신이 철저한 위대한 동료들이다. 이 책의 출간은 물론이고 모든 것이 끝나기 바로 직전의 위험한 상황이었다.

위대한 대한민국을 읽어주신 독자 여러분과 새로이 이 책을 읽어 주실 독자 여러분께 지면을 빌어 감사의 말씀을 올린다.

미흡하고 부족함이 많은 글을 출판하여 주신 (주)고성도서유통의 고형식 대표와 모난 글을 잘 다듬어 주신 편집자 이재원 님께도 감사드린다. 그 외에도 수많은 친구 동료들이 있지만, 지면이 허락하는 대로 다 열거하고는 싶은 마음 이해 바란다.

정석화 드림

수필

산행 18시간

*
*
*

17살 해병대 일등병

    캄캄한 밤중 나무와 수풀 속에서 방향을 잃고 갈증과 배고픔과 현기증과 불안감과
    싸우는 처절한 18시간이었다.
    그것은 산행이 아니었다.
    그냥 산길을 걷는 산행도 어려운 법인데 이 산행은 장애물도 이만 저만이 아니다. 커다란 나무는 그 밑으로 쉽게 다닐 수 있지만 이곳의 나무는 제일 큰 것이 사람 키 정도이니 가로막고 있는 여린 가지를 꺾든지 아니면 큰 가지 밑으로 기어 다녀야 한다. 그러니 진행 속도는 느리고 힘은 힘대로 빠진다.
    "왜 이런 곳을 오게 되었는지……."
    나는 이 근방의 산이라면 안 가본 곳이 없고 십여 년 전까지만 해도 주변의 모든 이가 알아주던 산악인이다. 그래도 나이는 거스를 수 없는지 얼마 전부터 젊은 사람들과 함께 산행을 하면 뒤처지

기 일쑤다. 그래도 자존심은 살아있다.

"저 사람들은 산행을 잘 모르는군. 처음부터 빨리 가면 얼마 못 가서 주저앉을 테니 그때까지만 기다리며 내 속도대로 가자."

"뭐 저런 초보자들하고 100미터 달리기 경주하듯이 갈 필요가 어디 있어?"

혼자 중얼거리며 발걸음을 딛고 있지만 시간이 지날수록 점점 힘이 빠지고 몸이 무거워진다. 몸이 그러하니 자존심이 상하는 것을 감출 수 없다.

"산행에서 나이가 그렇게 중요해?"

"내가 누군데?"

속으로 끊임없이 중얼거린다.

나는 산행에서 처음으로 만나는 사람들과 인사할 때 이렇게 소개한다.

"17살 해병대 일등병이요."

첫 대면에 인사치고 예의에 어긋난다고, 상대방이 무시당했다고 생각해도 어쩔 수 없다.

어느 나라를 막론하고 해병대는 강인함의 상징이자 또 죽기 아니면 살기로 다지는 강훈련으로 유명하니 거짓이지만 한번 흉내 내 보는 것이다. 그렇게 말하면서 스스로도 강해짐을 느끼는 것이다.

"오은선, 엄홍길 다 나와."

"언제 어디서든 나와 산행을 겨루어보자. 다만 네팔지역은 제외하고…. 하! 하!"

"산행뿐만 아니다. 나는 너희보다 스키도 스케이트도 더 잘 탈 자신이 있다."

"또 한 가지 더 있다. 너희들은 비행기는 누가 조종하는 뒷자리에만 앉아봤겠지만 나는 비행기 조종에 있어서는 교관 급이다."

몸이 힘들어지자 혼자 이런저런 쓸데없는 생각과 독백을 하며 산길이 아닌 나무숲 속을 길을 찾아 다니지만 길은 쉽게 나타나지 않는다. 큰소리치며 다니던 시절이 떠올라 스스로 창피했다.

문득 미정이가 떠올랐다.

내가 사는 곳은 한국인이 약 5,000여명이 살고 있고, 대부분이 전문 직업을 가진 이들로 생활수준이나 사회적 기반이 괜찮은 편이다. 많은 사람들이 한인교회나 친목회를 통해 활발히 교류하고 있는 곳이다.

어느 날 내가 다니는 한인교회에서 음악 발표회가 있다는 소식을 듣고 교회를 가게 되었다.

교회에 들어서자 예배를 드리는 강단을 음악회 무대로 꾸민 자리에서 앳된 여자 성악가가 고복수의 "타향살이"를 애절하게 부르고 있었다.

타향살이 몇 해던가 / 손꼽아 헤어보니
고향 떠나 십여 년에 / 청춘만 늙어

부평 같은 내신세가 / 혼자도 기막혀서
창문 열고 바라보니 / 하늘은 저쪽

고향 앞에 버드나무 / 올 봄도 푸르련만
호들기를 꺾어 불던 / 그때는 옛날
타향이라 정이 들면 / 내 고향 되는 것을
가도 그만 와도 그만 / 언제나 타향

노래가 끝날 무렵 무대 쪽으로 발걸음을 옮겨 기다리다 무대를 내려오는 그녀에게 다가가 물었다.
"클래식 성악가가 어떻게 유행가를 불러요?"
"모두 듣고 싶은 노래잖아요."
그녀에게 명쾌한 답에 바보 같은 질문을 한 것 같아 얼굴이 붉어졌다.
그 이후로 그녀를 내 마음 속 한 편에 담아두게 되었다.

몇 달이 흘렀을까? 한인 산악회에서 산행모임이 있어 나갔는데 그녀가 있었다.
그때는 미국에 있는 산이란 산은 안 올라간 곳이 없을 정도로 활기차게 산행을 하던 시절이었다.
미정이는 성악가지만 산행 실력 또한 대단했다.
성악을 하는 모습부터 산행을 하는 모습까지 그녀는 내 마음을 흔들어 놓고 있었다.
미정이가 모임에 나오는 날에는 내가 모두를 초청 해 저녁을 대접했다. 은근히 내 재력을 과시하고 조금이라도 미정이에게 잘 보이려고 발버둥을 친 것이다.
미정은 모두에게 친절한 사람이었다.

"나에게만 친절하면 좋을 텐데……."

거의 평생을 미국에서 산 나는 한글타이핑도 익숙하지 않았다. 미정이는 그런 내게 한글 타이프도 가르쳐 주고 카카오 톡을 설치해서 한국 친구들과 안부를 주고받게 해주던 친구다.

산행을 출발하며 모두 함께 기도를 했다.

"우리의 산행에 항상 주님께서 함께 하시어 저희가 내딛는 한걸음 한걸음 주님의 은혜와 자비를 느끼게 해 주시옵고 안전한 산행이 될 수 있도록 주 하나님 앞에 두 손 모아 기도 드리옵나이다. 아멘!"

기도를 마치고 미정이와 눈이 마주쳤다. 미정이는 이내 눈길을 돌려 나를 외면하는 듯 했다.

'왜 그러지?'

아직도 모르겠다. 전혀 감이 안 잡힌다.

미정이가 눈길을 외면하던 장면이 떠오르자 울컥하고 화가 올라왔다.

"교수이고 공학박사이며, 비행기 조종사요, 산악인이면서 스키, 스케이트 모두 선수 급인 나를 무시해?"

모두에게 다정한 미정이가 나에게만 친절하고 부드러운 여자일 길 바랬던 감정과 교차하며 나를 무시했다는 느낌이 든 것이다.

이내 미정이에게 화난 감정보다 내가 처한 지금의 상황이 더 화가 났다.

"창피하다, 특히 미정이한테 창피하다. 산행을 하면 항상 선두를 유지하면서 17살 해병대 일등병이라고 자신만만하게 뽐내던 산악인이 왜 이렇게 되었나?"

작년쯤이었다. 장기간 여행 다녀와서 여독이 채 풀리지 않은 몸으로 산행에 나섰다가 숨이 차고 몸이 무거워 산행을 포기하고 돌아선 적이 있었다.
"앞으로는 무리한 산행을 하지 말아야겠어."
그 이후로 무리한 산행은 하지 않기로 다짐했다.
하지만 나이 탓인지 체력이 떨어진 것인지 그 후로도 산행을 가면 계속 뒤처지기 일쑤였다.
자신만만하게 앞서나가며 체력을 뽐내던 내가 뒤에서 따라가며 산행을 하니 자존심이 허락하지 않는다.
'그런들 어쩌랴? 체력이 따라 주지 않으니······.'

*
*
*

선 밸리와 봉평

계속 걸었다.

아무리 가도 나무들은 모두가 내 키 높이 보다 조금 더 높을 정도이다. 그런 나뭇가지들이 빼곡히 뒤엉켜 있으니 가느다란 가지는 꺾거나 밟고 지날 수 있지만 좀 굵은 가지는 내 몸을 굽혀 피해 가야 한다.

산행 속도는 느리고 힘은 빠진다. 산허리 저 높이까지 오를 만큼 올랐는데도 길이 나타나지 않으니 필경 너무 올라 왔다고 생각하고 다시 내려가 보았다.

아무리 밑으로 내려와도 있어야 할 산길은 보이지 않는다. 물이 흘러내리는 좁은 개천이 있는 곳은 더 이상 내려갈 수 없는 계곡의 막다른 곳이다. 다시 돌아서 산허리 높은 곳을 향해 올랐지만 산길은 보이지 않는다.

"산길만 찾으면 이 까짓것 문제없는데……"

그러나 있어야 할 산길은 누가 다른 곳으로 옮겨 놓았는지 도무지 보이지 않는다.

산행을 시작한 지 벌써 5시간 정도가 흘렀다.

"어둡기 전에 길을 찾아야 되는데……"

산은 평지보다 일찍 땅거미가 내려앉는다.

점점 어두워지고 기온은 내려가기 시작했다.

"배가 고프다."

배고픔도 배고픔이지만 갈증이 몹시 심했다. 오전에 먹다가 남겨 둔 에너지 바 반쪽을 마지막으로 먹어 버렸다. 배고픔은 잠시 잊혔지만 갈증이 더 심해졌다.

이미 길을 헤매면서 오르내리길 반복하다 산기슭을 내려왔기에 주변의 눈은 녹아 없어졌고 산머리의 눈이 녹아 흐르는 물소리가 들리는 곳으로 기어가다시피 이동했다. 계곡 틈 사이로 물이 졸졸 흐르는 곳에 겨우 다다라 배낭에서 미정이가 준 알루미늄 컵을 꺼내 바위틈에 대고 물을 받아 목을 축이고 나니 갈증이 해소됐다.

"이 알루미늄 컵이 없었다면 정말 난감했었겠구나."

새삼 컵을 챙겨 준 미정이가 고마웠다.

산행마다 배낭에 걸고 다니던 오래된 컵이 있었는데 어디에서 잃어버렸는지 배낭을 뒤적뒤적 찾고 있던 내 모습을 보고 미정이가 건넨 컵이었다.

"이거 쓰세요. 전 하나 더 있어요."

"며칠 전 마트에 갔다가 작고 가벼워서 가지고 다니기 좋을 것 같아 샀는데 주인이 따로 있었나 보네요."

"……"

"어……. 고마…….워"

얼떨결에 고마움을 제대로 표현하지도 못했다.

그 이후로 산행 배낭을 꾸리면서 제일 먼저 챙기는 준비물이 되었다.

시카고에서 학위를 마치고 엔지니어로 직장생활 하다가 개인회사를 세워 꽤 성공을 거두고 있을 때였다. 평소 겨울 스포츠를 즐기던 나는 2002년 동계올림픽을 관람하러 솔트레이크 시티(SALT LAKE CITY)에 왔다가 이곳의 수려한 산과 하얀 눈과 한국의 시골과 같은 인심 좋은 사람들에 매료되어 이곳에 정착했다.

솔트레이크 시티가 있는 유타주는 미국 50개 주 중에서 13번째로 큰 주지만 면적에 비해 인구는 약 300만 명으로 31번째에 불과하다. 이는 유타 지역이 산이 많은 지형이기 때문에 정작 사람이 살 만한 땅이 적기 때문이다. 우리나라로 치면 강원도와 같은 지형인 셈이다.

미국에는 큰 두 개의 산맥이 대륙을 지탱하고 있으니 하나가 동쪽의 애팔래치아산맥이고, 다른 하나는 서쪽의 로키산맥이다. 로키산맥은 북쪽 캐나다부터 미국 남부 뉴멕시코까지 무려 4,800km를 뻗어 내려가는 장엄한 산맥이다. 유타주는 바로 이 로키산맥의 서쪽 지역에 자리한다. '유타Utah'라는 지명은 이 지역 원주민들이었던 '유트Ute족'에서 유래했는데, 이 유트는 '산 사람' '산에 사는 사람'이라는 뜻이라고 한다.

로키산맥은 'Rocky'라는 이름답게 화강암 덩어리의 단단한 근육질을 자랑한다. 거대한 바위가 우뚝 솟은 산, 로키산맥의 한 지류인 와사치산맥 서쪽 기슭에 솔트레이크Salt Lake, 소금호수가 있다.

솔트레이크의 정식 명칭은 '그레이트 솔트레이크Great Salt Lake'다. 이 소금호수의 넓이는 강수량에 따라 변화가 큰데, 최저 2,460km²에서 최고 8,500km²에 이른다. 최근에는 기후변화의 영향으로 대략 4,000km²의 면적을 유지한다. 서울특별시의 넓이가 약 600km²인 것을 감안하면 이 호수가 얼마나 거대한지, 왜 '그레이트'란 이름이 붙었는지 알게 된다.

그렇다면 '솔트레이크'란 이름은 왜 붙었을까. 이곳은 분지이기 때문에 강물이 흘러들어오지만 빠져나가지 못하고 그대로 증발되어 염분이 고농도로 응축된다. 이 호수의 염도는 22~25%에 달한다. 이스라엘, 요르단의 사해가 31.5% 정도의 염도를 가지고 있으니 이에 못지않게 짜다. 미국인들은 그레이트 솔트레이크를 일컬어 '미국의 사해'라고 부르기도 한다. 워낙 물이 짜다 보니 보통의 생물은 살지 못하고, '브라인 쉬림프Brine Shrimp'라는 아주 작은 새우가 사는 정도다.

사해가 관광지화되었다면 그레이트 솔트레이크는 보다 차분한 분위기다. 호수 근처 어디에도 호텔은커녕 음식점이나 카페도 없다. 그럼에도 불구하고 수많은 관광객이 그레이트 솔트레이크를 찾는 이유는 다름 아닌 일출과 낙조 때문이다. 이 호수의 물에는 미네랄 성분이 풍부해 빛이 많이 반사된다. 바로 이것이 아름답기로 소문난 그레이트 솔트레이크 일출과 낙조의 비밀이다.

이곳에서 차로 8시간 거리에 아이다호주의 선 밸리(Sun Valley)라는 곳이 있다.

나는 해마다 마지막 날과 새해 첫날이면 선 밸리에 있는 '숲과 강(Wood River)' 호텔에서 새해에 할 일들을 생각해 볼 시간을 갖는다. 별로 화려하지도 않고 비싸지도 않으면서 깨끗하게 정돈된 실용적인 곳이다.

선 밸리는 노벨문학상을 받은 세계적인 작가 어니스트 헤밍웨이가 말년을 보내다 자살로 생을 마감한 곳이며, 20세기 미국에서 가장 영향력 있는 시인 중 한 명이었던 에즈라 파운드(Ezra Pound)의 고향 마을이기도 하다.

1년 동안 시간에 쫓기며 살아온 내 인생을 며칠이라도 쉬게 해 주고 좋아하던 문학의 향기를 맡을 수 있어 해마다 빠지지 않고 온다.

선 밸리는 헤밍웨이 문학으로만 유명한 곳이 아니다. 넓지는 않으나 깊은 강은 물속이 훤히 보이는 깨끗함을 지니고 있으며, 그 강물이 우거진 나무 숲 속으로 흐르고 또 흐르는 마을 이다. 시내 밤거리를 이곳저곳 다니다 피곤해져 깊은 잠을 자고 나면 호텔 뒤 숲은 백색 천국으로 완전히 변해 별천지가 바로 눈앞에 펼쳐진다.

'세스나182'기를 몰고 주변 산 위를 날아보면 산 중턱 별장은 배우 더스틴 호프만을 비롯한 미국 유명 배우들의 별장이 곳곳에 있다. 1900년대 유니언 철도회사가 처음으로 동서를 관통하는 철도를 이곳으로 지나가게 했는데, 수려한 경치에 탄복하여 당대 최고의 인기를 누리던 존 웨인, 캐서린 헵번 등의 별장을 유치하면서 미국 영화계의 전통이 되었다고 한다.

＊
＊
＊

또 한 번의 조난사고

　소설 『노인과 바다』에서 늙은 고기잡이 산티아고와 젊은 견습생 마놀린의 이야기는 이효석(李孝石, 1907~1942)의 소설 『메밀꽃 필 무렵』의 배경인 강원도 봉평과 무척이나 닮아 있다.
　늙은 장돌뱅이 허생원과 젊은 장돌뱅이 동이의 이야기를 보면 두 소설의 등장인물 관계 또한 매우 비슷하다. 그들의 가난하고 단순한 인생 스토리가 그렇고 또 그러면서도 항상 소박한 꿈이 있다는 것이 비슷하다. 출간일로 보면 더 늦게 출판된 헤밍웨이의 『노인과 바다』가 이효석의 소설을 읽고 각색한 것이 아닐까 하는 생각이 들 정도로 두 작품은 비슷하다. 그래서 나는 언젠가 기회가 있다면 강원도 봉평이란 마을과 미국 아이다호주의 선 밸리(Sun Valley)란 마을을 자매결연 맺어 주고 싶었다.

　잡다한 생각이 너무 많아서 피곤하거나 불안한 느낌은 없었지만 점점 어두워지는 하늘이 쓸데없는 생각은 접고 빨리 길이나 찾으라고 외치는 듯하다.

"이러다 해질녘까지 길을 못 찾으면 어쩌지?"

문득 떠오른 생각에 마음이 급해져서 다시 길을 찾아 열심히 오르고 내렸지만 계속 절벽처럼 가파른 산허리와 계곡 사이에서 벗어나지 못하고 있었다.

이제는 거의 45도 경사의 가파른 길을 올라가야 하니 주변의 나뭇가지를 잡아 당겨야 겨우 오를 수 있다. 키 작은 나뭇가지 위로 밑으로 넘고 기어가다시피 이동하다 보니 불안감이 엄습한다.

"여기 누구 없어요?"

"여기요……"

계속 소리쳐 외쳐 보지만 공허한 메아리만 들릴 뿐 아무런 기척이 없이 조용하기만 하다. 불안하긴 하지만 그렇다고 그렇게 겁이 나진 않았다.

"시간은 좀 걸리겠지만 기어코 내려 갈 수 있어!"

혼자 중얼대며 걷고 또 걸었다.

또 미정이 생각이 난다.

함께 산행을 할 때 앞서가던 미정이의 뒷모습이 떠오른다.

적당한 키에 약간은 잘록한 허리, 그 허리 밑으로 약간은 밋밋하면서도 아름답게 튀어 나온 둔부는 앞쪽의 싱그러운 두 개의 복숭아 같은 가슴만큼 아름답다.

"아~ 아름답다. 어쩌면 저리 아름다운지. 한번이라도 만져 보고 싶다……."

불손한 생각이란 느낌에 이내 눈길을 돌리긴 했지만 남자라면 누구라도 같은 마음이지 않을까?

 딱히 성별의 문제는 아니지만 몇 년 전 겨울 산행에서 눈이 쌓인 산 정상 바로 밑에서 몇 사람이 한꺼번에 수 십 미터 낭떠러지에 미끄러져 내린 사고가 있었다. 그 사고로 두 사람이 갈비뼈와 다리를 다쳐 추위와 통증으로 생사의 기로에서 신음하고 있을 때 함께 있던 여자 산악인들이 옷을 벗어 다친 동료 산악인을 안아 체온을 나누며 구조대가 올 때까지 밤을 지새운 일이 있었다. 추위와 공포의 시간을 체온을 나누며 보낸 덕에 다음날 아침 일찍 헬리콥터로 무사히 구조된 것이다. 만일 그때 여자 산악인이 옷을 벗어 체온을 나누지 않았다면 엄청난 비극을 맞았을 것이다.

 더 먹을 것이 없는 줄 아는지 배는 더 이상 고프지 않다. 갈증이 생길 때 마다 미정이의 모습만 떠오른다.

 "아~ 사랑하고 싶다."

 "나이 차이가 많은 내가 이런 생각을 하는 게 주책이겠지만 사랑하는 감정이 자연스럽게 생기는 것을 어쩔 수 없지 않은가?"

 누구라도 붙잡고 이런 사랑에 대해 어디까지 해야 하는지 물어보고 싶다.

 날은 점점 더 어두워지고 싸늘한 바람이 나뭇가지 사이로 불어 몸 안으로 스며든다. 배낭 속에 있는 얇은 재킷을 꺼내 입었다. 한기는 살짝 없어졌지만 기온이 더 내려가면 추위를 얼마나 버틸 수 있을 지 가늠할 수 없다. 점점 더 위험한 상황이 떠오르며 걱정이 엄습해 온다.

 "내가 누군데 이까짓 것으로 겁을 먹어!"

 다짐하고 또 다짐했다.

날은 더 어두워져 배낭 속에 있는 랜턴을 꺼냈다. 몇 개월 동안 한 번도 안 꺼내 본 적이 없어 배터리는 있는지? 접촉은 잘 될지 미심쩍었지만 다행이 환하게 불빛이 켜진다. 이 랜턴 불빛이 나를 구하는 빛이 되었다.

랜턴의 불빛으로 잠시 안도하게 되자 또 미정이 생각이 난다.

그녀의 마음을 모르겠다. 여태까지의 내 행동이나 표현을 느꼈다면 그녀도 내 마음을 알 텐데 좋다, 싫다, 부담된다, 존경한다 한 마디 말이 없다.

스케이트를 탈 때는 20분이 채 못 되어 왼쪽 뒤 허리가 쑤시는데 이 산행에서는 벌써 꽤 오래 산을 헤매고 다녔는데도 어디 특별히 아픈 데가 없는 것이 이상하다.

'너무 긴장한 탓일까?'

갑자기 캘리포니아의 시에라(Sierra) 산에서 혼자 실종됐던 생각이 난다. 한 선배 산악인이 나이도 그만하고 힘도 떨어지니 은퇴 아닌 은퇴를 한다기에 미국 전역에서 많은 산악인 친구들이 모여 축하 겸 송별 산행을 한 적이 있다. 8월 중순이었는데도 산 위는 너무 춥고 미끄러워 조금 밑으로 내려온다는 것이 그만 너무 내려와 길을 잃고 하루 종일 헤맨 적이 있었다.

시에라 산에는 미국 내에서 제일 높은 '마운트 휘트니' 외에도 30개가 넘는 명산들이 있고 그 어느 산도 쉬운 곳은 없다. 그때 우리가 올라 간 곳은 선배 산악인이 정한 "마운트 스탠포드" 산이었다. 그때만 해도 경험이 많지 않아 길을 잃었을 때 힘들지만 왔던 길로 되돌아가야 길을 다시 찾을 수 있다는 산행 법칙을 모르고 자꾸만 쉬운 길로 내려가기만 했다. 그나마 그때는 힘이 좋아서 진돗

개 마냥 뛰어 다닐 때이니 저 밑에 보이는 호수에만 가면 필경 누군가 있을 거란 생각으로 뛰었다. 하지만 산 위에서 보였던 호수는 종일 뛰어도 닿지 않고 갈수록 더 멀리 있는 것만 같았다. 산길인 것 같아 뛰어 가보면 길인 듯 하지만 길이 아니었다. 마치 지금도 그때와 비슷한 느낌이다.

하루 종일 뛰어 거의 해 질 무렵에야 호숫가에 다다랐다. 호숫가에는 젊은 신혼부부가 캠핑을 하고 있었는데 자신들은 신혼여행 중이니 음식은 나누어 줄 수 있지만 잠자리는 호수 저쪽 텐트에 가서 물어보라고 했다. 그 쪽 텐트도 잠자리는 없다고 해서 그날 밤 밤새도록 추위에 떨었던 일이 생각났다.

*
*
*

생떽쥐베리의 야간비행

여기도 깊은 밤에는 짐승이 나타나 사람을 해칠 수 있다. 덜컥 겁이 났다.

"짐승이 나타나면 이 스틱으로 내려 쳐야지!"

들고 있던 스틱을 보며 각오를 했다. 이 스틱은 등산용이 아니고 스키용이다. 스키용 스틱은 등산용의 그것보다 특히 가볍다. 평소에 스키 탈 때는 양손의 스틱이 거의 쓸모가 없지만 급하강을 하거나 장애물을 만나 급히 방향을 바꿀 때는 유용하다.

이곳에 나타나는 짐승 중 가장 무서운 놈은 푸마(puma) 또는 쿠거(cougar)라고 부르기도 하고 또 마운틴 라이언(mountain lion)이라고도 불리는 고양이과 동물이다. 평소에는 사람과의 접촉을 피하기 때문에 사람을 주식으로 알고 해코지하는 일은 드물지만 배가 고프면 사람도 공격한다고 들었다.

"아무도 없는 이 산속에서 그런 동물을 만나게 되면 어쩌지?"

"미리 겁부터 먹지 말고 맞서 싸울 마음의 준비나 단단히 해 두어야겠다."

다짐을 해보지만 몸에 지닌 것이라고는 스키용 스틱 두 개가 전부였다.

"이거라도 후려치는 연습을 미리 해 놓자. 키 작은 나무들이 많아 그 틈으로 숨으면 쉽게 공격은 못하겠지?"

두려운 마음을 혼자 중얼거리며 달래면서 산허리로 오르고 또 올랐다. 있어야 할 산길은 내 눈에만 보이지 않는 것인지 도무지 나타나지 않는다. 고개를 들어 위를 보니 꼭 산길과 같이 보이는 곳이 있다.

"찾았다. 고생 끝이구나."

남은 힘을 끌어 모아 뛰어 올랐으나 찾던 길이 아니다. 이렇게 속고 속으면서 하루 종일 오르내리기를 반복하고 있었다.

그 때였다. 멀리서 헬리콥터 소리가 들리더니 점점 가까워진다. 이제는 바로 바로 머리 위에서 프로펠러가 돌아가는 소리가 들린다. 조종사인 나는 이 소리가 헬리콥터인지 개인용 프로펠러 비행기인지 알 수 있다.

"이 녀석들 훈련비행 하는군!

"왜 하필 이렇게 위험한 곳에서 비행을 하나"

이 헬리콥터를 처음으로 개발한 이는 러시아의 이고르 시콜스키였고 그가 미국으로 이민 와 미국형 시콜스키 헬리콥터를 오늘날 사용되는 것과 비슷하게 개발했다. 모두가 잘 아는 것처럼 헬리콥터는 많은 곳에서 매우 유익하게 사용된다. 특히 활주로가 필요 없는 장점이 있다. 그렇지만 속도가 느린 것이 결점이라고 볼 수 있다. 고정익 비행기 조종사들에게 헬리콥터는 매우 싫은 존재다. 비행장에서 고정익 조종사는 바로 밑을 못 본다는 시계의 결점 때문에 바로 그 밑에서 수직으로 올라오는 헬리콥터와 종종 충돌할 뻔하는 상황을 맞이하기 때문이다. 실제로 그러한 사고가 있은 후부터 조종사들에겐 항상 조심하란 신호를 보내고 조종사들은 긴장을 늦추지 않고 주위를 살피곤 한다.

그런 헬리콥터가 길을 찾지 못하고 헤매는 머리 위에서 저공비행을 계속하고 있었다.

"이거 매우 위험한데……"

혹시라도 생길지 모르는 사고를 걱정하며 위는 쳐다보지 않고 걷고 또 걸었다.

나중에 구출되어 알고 보니 나를 찾기 위해 수색 비행 중이었다고 한다.

비행기 조종은 때로는 외롭다. 홀로 비행을 하다 보면 예술가나 문학인들처럼 작품을 누가 보아 주는 관객이 있는 것도 아니고 혼자서 엔진과 계기를 벗 삼아 외로운 행군을 해야 한다. 아마 그래서 생떽쥐베리는 그 외롭고 긴장된 시간을 글로서 표현하려고 했을 것이다.

"밤은 어두운 연기처럼 피어올라 계곡을 가득 메웠다. 계곡과 들판이 구별되지 않을 만큼 어두워지자 마을이 별무리처럼 불을 반짝이며 신호를 보내 왔다. 그도 표지등을 깜박이며 불빛들에게 응답을 했다. 등대가 바다를 향해 불을 비추듯 저마다의 집들이 거대한 밤을 향해 불을 밝히면 대지는 온통 서로를 부르는 불빛으로 뒤덮였다. '파비앵'은 밤으로 들어서는 것이 마치 포근하고 아름다운 항구에 들어가는 것 같았다."

생떽쥐베리가 그의 소설 『야간비행』에서 그린 야간비행의 느낌이다.

산의 그늘진 뒤쪽 계곡에서부터 밤이 차오르고, 어두워지면서 별처럼 하나 둘 켜지는 대지의 불빛을 편안한 시선으로 바라보았다. 오죽하면 어두워지는 것이 아름다운 항구로 들어가는 것 같다고 했을까? 그래서 생떽쥐베리는 밤으로 들어서는 것이 편안하다고 표현했지만 지금 내게 온 밤은 깊은 바닷속의 어둠과 같다.

*
*
*

기이한 연(緣), 헤드 랜턴

    나무를 밟고 밑으로 피하면서 문득 생각이 났다.
    "이곳에 겨울철 많은 눈이 내리면 어떤 모습일까?" "이곳은 눈이 너무 많이 내려 한번 내리면 사람 키의 두 배 정도나 쌓이니 필경 이 나무 위로 산악 스키어들이 달리고 있겠지?"
    산악 스키는 일반 스키와 비슷하게 생겼으나 일반적으로 알파인 스키와 노르딕 스키가 합쳐진 형태로 이해하면 쉽다. 가장 큰 특징은 바인딩으로 노르딕 스키처럼 뒤꿈치가 떨어져 들리게 할 수도 있고 알파인 스키처럼 고정할 수도 있다. 가파른 언덕을 오를 때는 스키 밑바닥에 물개 가죽처럼 짧은 털이 한쪽으로 강하게 누운 표면을 가진 직물을 스키 바닥에 부착시켜 뒤로 미끄러지는 것을 방지하고 급경사나 단단한 얼음 면에서는 소위 아이젠이라고 부르는 '크램폰'을 부착한다. 한국에서는 많은 사람들이 아이젠이라고 부르지만 이는 독일어 '슈타이크아이젠(Steigeisen)'이라는 말인데 말을 줄여 쓰기 좋아하는 일본 놈들이 아이젠이라고 한 것을 그대로 따라 부른 것이다. 산악스키는 오를 때는 힘들지만 내려갈 때는 신이 난다. 그러나 절대로 나무가 있는 곳은 피해야 한다. 급속도로 하강하다 보면 나무를 미처 피하지 못해 큰 사고를 당하는 경우가 많이 발생한다. 나는 나의 체력과 스키실력을 잘 알기에 산악스키는 하지 않기로 했다.

"섣불리 스키 좀 탄다고 나대다가 사고 통계숫자를 채우는 꼴이 되지 말자."

어느 날 연구교수로 있는 대학의 식당 앞에서 한 학생이 산악장비 몇 가지를 내놓고 팔고 있었다.

"내가 산을 그토록 좋아하고 자주 오르는데 뭐든지 하나는 사 줘야겠지!"

가장 먼저 눈이 띤 것이 헤드 랜턴이었다. 그 헤드 랜턴이 지금 내 앞을 밝혀주는 유일한 기구였다. 이 랜턴이 없었다면 산중에서 꼬박 밤을 새우며 날이 밝기만을 기다려야 했을 것이다.

인연(因緣)이란 것은 꼭 사람이나 생명체에만 있는 것이 아니라 모든 물건에 있을 수 있다는 생각이 들었다.

"기이한 연(緣)이구나, 고맙다. 랜턴아"

몇 번이고 중얼거렸다.

저 멀리 다른 몇 개의 램프 불빛이 보인다.

'필시 나처럼 길 잃은 산악인일 게다.'

'길 잃은 것으로 치면 내가 먼저이니 같은 곳을 헤맸다면 내가 좀 더 나을 걸.'

불빛이 보인 곳으로 있는 힘껏 소리쳤다.
"저기요!"
"어이!"
"소리가 들리면 이쪽으로 와요!"

몇 번이고 소리쳐 불러봤지만 들리지 않는 것 같았다. 저쪽에서도 무어라 외치는 것 같은데 무슨 소리인지 알아들을 수 없었다. 나는 소리를 잘 들을 수 없는 지가 꽤 오래 되었다. 다른 사람들은 내색은 하지 않고 나이 때문이라고 여기는 같았지만 나이 때문이 아니고 비행기 조종을 할 때 들리는 시끄러운 엔진소리와 높은 고도를 비행하다 보니 청력에 문제가 생긴 것이다.

저쪽의 불빛은 처음에는 두 개인가 세 개인가 정도였는데 다시 보니 예닐곱 개 정도가 부지런히 왔다 갔다 하는 것이었다.
"무슨 야유회라도 왔다가 단체로 길을 잃은 건가?"
그때까지 그 불빛이 나를 구하러 온 전문 구조대원인지 전혀 모르고 있었다.

다시 산허리 높이까지 올라가 보기로 했다. 혹시나 했는데 역시나 길은 없다. 다시 계곡 밑으로 미끄러지며 내려가 보았지만 길은 안 보이고 세차게 흐르는 개울뿐이다. 더 이상 내려 갈수 없으니 또 다시 위로 올라갔다. 위쪽에 산길 같이 보이는 것도 같아 거의 절벽 같은 경사를 나뭇가지와 바위틈을 비집고 올라왔는데 길이 아니다.
'체력은 떨어지고 허기까지 지니까 헛것이 보이는구나.'
'하루 종일 올랐다 내렸다 반복하고 있으니 체력이 바닥날 수밖에 없겠지.'

남은 에너지바도 다 먹고 허기를 달래 줄 것이 아무 것도 없다는 생각이 드니 더 절망적으로 느껴졌다.

'물이라도 먹어 배를 채워야겠다.'

높은 곳에서는 손으로 눈을 모아 입에 넣었지만 지금 있는 곳은 눈 위에 누런 먼지가 보인다. 먼지를 걷어 내고 밑 부분의 눈을 긁어 보지만 눈과 흙이 섞여 도저히 먹을 수가 없다.

미정이가 준 컵을 들고 개울물이 흐르는 곳까지 다시 내려와 물을 받아 벌컥벌컥 마셨다. 잠시 배고픔이 잊혀지니 정신이 맑아진다.

손에 들고 있는 컵을 보니 또 미정이 생각이 난다. 미정이는 표시는 안 하지만 내게 필요한 것은 알게 모르게 챙겨주는 천부적 재질이 있다.

'고맙다. 미정아.'

미정이를 떠올리니 남자의 자존심이 불끈 솟아나며 힘이 생긴다.

어제 스키를 탈 때 허리와 다리가 아파 채 20분을 못 타고 내려왔는데 왠지 지금은 아직도 아픈 곳이 없다. 긴장을 한 탓인지 미정이에게 잘 보이고 싶은 생각 때문인지 모르겠다. 한편으로 불안감이 밀려온다.

'이러다 영영 길을 못 찾는 거 아냐?'

혹시 모를 조난사고를 떠올리자 안 그래도 어두운 밤이 더 어둡게 느껴진다.

'절대로 포기하지 않아.'

'반드시 돌아간다!'

다짐하고 또 다짐하며 다시 길을 찾아 발걸음을 옮겼다.

*
*
*

스티브와 제이슨

　랜턴을 가지고 있으면서도 불을 안 켜고 어두운 산길을 걷고 또 걸었다.
　문득 한국에서 출판하게 되었다는 내 소설책이 떠올랐다. 시간 나는 대로 생각나는 대로 끄적거리다 보니 책이 한 권 되긴 되었지만 문학이 무엇인지 왜 공부 하는지 어떻게 쓰는 것인지 또 소설과 시, 수필은 어떻게 구분하는지 전혀 모른다. 글쓰기 하는 것에 생각이 머물자 오래 전에 읽은 한국 고전 단편
　"메밀꽃 필 무렵"이란 소설이 생각났다.
　소설의 배경인 강원도 봉평에 가서 이효석 문학 기념관을 둘러보고 마을의 주막집에서 맛있는 메밀국수를 먹는 장면을 상상했다. 소설 속에서 장돌뱅이 허생원은 다음 장터까지 가려면 물건을 노새에 잔뜩 싣고 밤새워 산길을 걸어야 했단다.
　'허생원도 지금 나처럼 어두운 길을 밤새 걸었겠지?'

'언젠가 한번은 허생원이 걸었던 그 산길을 걸어 봐야지'

하지만 소설 속 봉평의 그 길과 지금 내가 헤매고 있는 산중은 근본적으로 다르다. 이곳은 길이 아니고 나무만 우거진 산비탈일 뿐이다.

'이러다 내 체력이 다 소모되면 끝장인데……'

길이 보이지 않으니 초조하고 답답한 마음이 들긴 했지만 이상하게 겁이 나진 않는다.

"그래도 살아날 자신 있다"

길을 찾고 일행과 만나게 되면 마주 하게 될 미정이에게 힘없이 축 처진 모습을 보이기 싫었다. 지금 생각나는 미정이는 남자로서 자존심을 앞세워야 하는 존재이다.

계곡을 따라 내려가자 절벽 밑으로 눈 녹은 물이 흐르고 있는 개천이 나타났다. 더 이상 밑으로 가다간 절벽처럼 가파른 비탈에서 미끄러져 개천에 빠지게 된다. 말이 개천이지 눈 녹은 차가운 물이 웬만한 강만큼 넓고 폭포처럼 빠르게 흐르고 있었다.

'어쩌지? 물을 건너야 하나?'

물을 건너자니 너무 위험할 것 같고 다시 뒤돌아 가파른 비탈을 올라갈 생각을 하니 엄두가 나지 않았다.

'그렇지만 이대로 여기서 밤을 새울 수는 없지 않은가?'

워낙 오랜 시간을 길 찾는 데만 집중하고 있어서 시간이 얼마나 되었는지 잊고 있었다. 시계를 보니 새벽 2시였다.

개천 저 너머에서 고함치는 소리가 나지막이 들렸다. 그렇지 않아도 귀가 잘 들리지 않는데 소리가 작으니 온몸의 신경이 귀에 집중하여 들었다. 똑바로 알아들을 수 없었지만 더 이상 움직이지 말고 그대로 있으라는 소리 같았다. 조금 더 소리가 가까워지면서 내가 제대로 들었다는 것을 알았다.

그 소리의 주인공은 산악 구조대원인 것 같았다. 그들이 말하는 대로 그 자리에 털석 주저앉아 기다렸다. 사람의 소리가 주는 안도감 때문이었을까 쌓였던 긴장이 풀리면서 더 이상 움직일 힘이 없어지면서 방향도 잃어버렸다. 작은 바위 위에 앉아 기다리다 보니 길을 찾아 쉬지 않고 움직일 때는 느끼지 못했던 한기가 느껴지며 졸음이 찾아왔다.

'절대 잠 들면 안돼!'
두 손으로 무릎을 치며 다짐을 하고 있었다.

약 삼십 분 남짓 흘렀을까? 저 쪽에서 키가 큰 남자와 키가 작은 남자 두 사람이 나타났다. 그들은 첫마디에 배고프냐고 물었다.

배는 그렇게 고프지 않고 갈증이 심하니 물이 있으면 달라고 했다. 키 큰 남자가 배낭에서 물을 두 병이나 꺼내 건네며 너무 급히 마시지 말라고 했다. 키 큰 남자가 본인의 이름은 스티브(Steve)이고 옆의 키 작은 남자는 제이슨(Jason)이라고 소개를 했다. 그들이 준 물을 벌컥대며 마시면서 그제서야 두 사람을 천천히 훑어보니 짐승처럼 단단한 몸에 우리가 구하러 왔으니 이제 안심해도 된다는 표정이 역력하다.

둘이서 몇 마디 주고받더니 제이슨이 나를 지키고 있고 스티브는 잠깐 어디를 다녀온다고 했다. 잠시 후에 돌아 온 스티브는 개천에 로프를 설치했으니 로프를 타고 개천을 건너갈 거라고 했다. 내 눈빛이 걱정스러웠는지 두 사람은 절대로 안전하다며 나를 안심시

컸다.

두 사람이 이끄는 방향으로 개천에 다다르니 조금 전 스티브가 혼자 세차게 흐르는 물을 건너 반대편의 큰 나무에 옭아매어 연결한 로프가 헤드랜턴의 불빛에 반사되어 반짝이고 있었다.

제이슨이 나와 로프를 연결하고 스티브는 반대편에서 로프를 당겨 쉽게 개천을 건널 수 있었다.

마침내 개천을 건너 반대편에 다다르니 저쪽에서는 보이지 않았던 산악 동지들의 모습이 하나 둘 눈에 들어왔다. 물론 그들 중에서 제일 처음 보인 사람은 미정이었다.

"동지들! 오래 기다렸으니 저녁은 내가 모실게."

미안하고 쑥스러운 마음에 제법 큰소리로 너스레를 떨었다.

"이 사람아! 지금 새벽 4시인데 무슨 저녁이야!"

"그런가……."

그제야 이 산 속에서 16시간을 헤매고 있었다는 것을 깨달았다. 시간이 그렇게 오래 흘렀고 기적적으로 살아 돌아왔다는 생각도 들었다.

다시 한 번 나를 찾아 구조해준 구조대원들과 새벽까지 애타게 기다려준 산행 동지와 특히 미정이에게 고맙다는 말을 했다.

소리 내어 말하지 못했지만

'미정아! 보고 싶었다.'

'기다려줘서 고맙다.'는 말을 수없이 되뇌였다.

*
*
*

산행일지

2016년 5월 6일 오전 9시 정각 : 산악대원 8명이 주차장에 집합

오전 9시 20분 : 리틀 코튼우드 캐니언 Little Cottonwood Canyon 레드파인 레이크Redpine Lake로 산행 출발

오전 10시경 : 화이트파인 레이크와 레드파인 레이크로 가는 분기점 도착, 레드파인 레이크로 산행 계속

오전 11시경: 산길에 눈이 덮여 있어 산행이 힘들어짐.

오전 11시 30분경: 동반 산악대원 일행들을 먼저 보내고 혼자 뒤처지고 가고 있음

오전 11시 40분경: 다른 대원들을 뒤따라 가다 더욱 뒤쳐질 것 같아 혼자 되돌아 오기로 결정

오전 12시경: 왔던 길로 되돌아 온다는 것이 눈 발자국이 없는 곳으로 와서 길을 찾지 못하고 있음.

오후 1시경 : 산악대원들의 흔적을 완전히 놓쳐 그때부터 방황하기
      시작.
오후 2시경: 산머리에서 눈이 없는 곳까지 오르내리며 길을 찾음.
오후 3시경: 허기와 갈증을 견딜 수 없어 눈을 삼켜 보려 했지만 눈
      에 흙먼지가 많아 포기하고 다른 곳으로 이동.
오후 3시 30분경: 계곡 사이로 눈이 녹아 흐르는 곳에서 개울 물을
      마시고 허기와 갈증 해소
오후 4시경: 날이 어두워 지기 전에 길을 찾아야 한다는 생각에 이
      리저리 뛰며 길을 찾지만 헛수고.
오후 5시경: 멀리서부터 날이 어두워 지기 시작함.
오후 6시경: 날은 점점 어두워 지는데 길을 못 찾고 헤매고 있는데
      머리 위에서 헬리콥터 소리가 들림.
오후 7시 경 : 날은 완전히 어두워 졌지만 시계에는 지장이 없어 계
      속 이동.
오후 8시 경 : 날이 너무 어두워 도저히 이동 불가. 혹시나 하고 배
      낭 속을 뒤져보니 헤드램프가 있고 배터리도 괜찮게
      남아 있어 헤드램프를 켜고 이동.
오후 9시경: 산길을 찾느라 오른쪽 산비탈로 오르고 왼쪽으로 내려
      올만큼 내려왔지만 체력만 떨어짐.
오후 10시경: 왼쪽 오른쪽 산비탈을 스무번 정도 오르내렸지만 헛
      수고. 기이하게도 배고픔과 급격한 체력저하는 없음.

오후 11시경: 멀리서 불빛이 보여 찾았다고 생각하고 불빛 쪽으로 이동

2016년 5월 7일 0 시: 하염없이 불빛 쪽으로 이동했지만 넓고 물살이 빠른 개천이 가로 막고 있음.

오전 1시 경 : 개천을 건널까 고민하다 물살이 너무 세고 젖은 옷을 말릴 수 없어 포기.

오전 2시경: 개천을 따라 아래쪽으로 내려가 보지만 절벽이어서 되돌아 옴.

오전 2시 30분경: 비가 오기 시작. 배낭 속의 외투를 꺼내 입었지만 추위가 엄습.

오전 2시 50 분경: 큰 바위 사이에서 비를 피하며 밤을 보낼 수 있을지 걱정.

오전 3시 경 : 멀리서 불빛이 보였지만 또 다른 길 잃은 산악인이라 생각하며 외면

오전 3시 20분경: 몇 개의 불빛이 가까워지며 소리가 들렸지만 무슨 소리인지 알아들을 수 없음

오전 3시 30분경: 불빛은 매우 가까워 졌지만 개천 반대쪽임. 지금 있는 곳에서 움직이지 말고 그대로 있으라는 소리가 들림.

오전 3시 40분경: 움직이지 않고 가만히 앉아 있으니 두 사람의 구조대원이 도착,

오전 3시 45분경: 구조대원이 건넨 물 2병을 그 자리에서 다 마심.

오전 4시경: 구조대원 한 명이 나를 지키고 있고 다른 한 명은 어둠 속으로 사라짐.

오전 4시 5분경: 사라졌던 구조대원이 나타나 개울 양쪽에 로프를 설치했으니 건너가라고 함

오전 4시 10분경: 산행 18시간만에 생사기로에서 탈출. 오랜 시간 애타게 기다리던 동료 대원들과 조우.

소설

위대한 한민국

머리말

중국을 다녀보면 아직도 전 세기에 있었던 전쟁의 상처가 그대로 남아 일본에 대한 적개심이 없어지지 않고 시간이 갈수록 더 거세어지고 있는 것을 여행객인 작가에게도 쉽게 느껴지고 중국의 정치 지도자들도 일본군의 만행을 언급할 정도로 심각하다.

일본 역시 중국에 대한 우월감과 질투 의식이 그대로 노출되고 있다. 계속 이러다간 어느 때고 예기치 않는 불상사가 생길 것 같은 예감이 들고 그 예기치 않은 불상사는 가공할 핵전쟁으로 폭발되지 않을까 우려되는 것은 이 작가만의 염려가 아닐 것이라 믿는다.

어쨌든 이런 불상사는 사전에 철저히 방지하여야 한다. 그 가능한 불상사를 방지하기 위하여 이 소설을 쓴 것이다. 아니길 바라지만 그 가능한 시점을 2040년으로 잡고 그때 일어날 일을 쓴 짧은 가상 소설이다.

명문 하버드 대학의 국제관계 교수직을 거쳐 미국 정부의 국무장관을 역임한 헨리 키신저 박사는 쇄국 중국 공산당 정부를 설득하여 개방시키고 오늘날 세계적인 경제 대국으로 성장시킨 공로자의 한 분으로도 유명하지만, 일본의 자립 즉 다시 말해서 군비 확장이 필연적이라고 예언한 장본인으로도 중요한 사람이다.

　미국은 경제력뿐만 아니라 국내 인종 문제와 인권 문제 등으로 그 힘을 잃어가고 외국 주둔 병사들을 모두 철수시키는 과정에 있다. 따라서 세계 곳곳에 힘의 공백 상태가 일어날 것이다. 그중 가장 위험한 곳이 동아시아지역이다.

　중국은 경제력 군사력이 날로 번창하는데 그 위력을 가장 절감하는 나라가 바로 옆에 있는 일본이다. 거기다가 또 수백 년을 두고 온 적대 관계와 세 번이나 치른 전면전이 또 언제 터질지 예측하기 어려운 상황이다.

이 소설은 2040년에 일어날 핵전쟁의 비참한 상황을 이야기체로 쓴 것이다. 실감 나는 이야기로 엮다 보니 한국 일본 중국 등의 이야기 중 그 인물들의 이름이 실제로 존재하는 인물들의 이름과 같을 수도 있었을 것이다. 그러나 이 소설에 나오는 이름은 결코 실제 인사들과는 다르고 그 점 분명히 하여 혹시나 실재 인물이나 국가의 명예를 더럽히는 결과를 초래했다면 그 점 특별히 용서를 빌어 마지않는다. 혹시나 있을 법적인 책임도 면제해 주시면 더욱 감사의 말씀으로 대신하겠다. 다시 말해서 이 작은 책의 목적은 전체 인류를 몰살시킬 수 있는 가공할 핵전쟁을 방지하는 데 주된 목적이 있다.

　항공 모함과 함재기가 이 소설의 주된 역할을 하는 기계이다. 이는 이미 70여 년 전에도 일어났던 제2차 세계대전에서도 주로 사용하였는데 아직도 그 과학과 위력은 절대적이다. 바다는 넓고 육지는 그에 비해 매우 좁다. 또 함재기의 비행 거리는 3시간을 넘지 못한다. 그 한계를 넘기 위해서 ICBM 등의 로켓을 개발해서 사용하지만, 조종사가 직접 날아가서 육안으로 확인하고 폭격하는 것과는 정확도에서 현저한 차이가 있다.

이 소설에서 나오는 것처럼 핵 폭격은 그 강도가 히로시마와 같이 큰 도시 하나를 모두 불태우고도 남을 정도이므로 매우 정확해야 하는 것이 절대로 필요한 요건이다. 여기에 항공모함이 아직도 필요 불가결한 현대전의 요건이 되는 이유가 있다.

∗
∗
∗

2040년 한국형 항공모함

　항공모함을 처음으로 개발한 나라는 해가 지지 않는 해양국가 영국과 미국이고 일본도 1914년에 이미 실전에 사용할 수 있는 항공모함을 영국서 수입한 구식 항모를 개발하여 자체 설계와 건조를 한 기록이 있다. 그리고 우리가 다 잘 아는 2차 대전에서 미국을 선제 기습 공격했던 아카키 함이나 호소 함에서 발진한 제로 전투기의 위력을 믿고 당시 육군사령관인 도죠 원수가 적극적으로 주장한 사실이다.
　2015년인 지금까지도 호주와 인도 등의 나라들이 일본의 기술 지원을 얻어 자체 개발하고 있다는 군사 정보가 나돌고 있을 정도로 자체 기술을 확보하고 있다고 봐야 한다. 우리 대한민국은 어떤가? 아직 개발단계에 있다는 것이 세계적인 평가이다. 그러나 우리는 우수한 자체 기술이 아직도 있다고 보아야 한다. 그것은 다름 아닌 충무공 이순신의 거북선을 현대화한 기술이다.

충무공이 거북선을 설계할 당시에는 물론 비행기도 없었고 로켓, 레이더 같은 장비도 없었지만, 그 규모를 세계 어느 전함보다 크게 했고 특히 갑판을 매우 높이 설계했다.

또 갑판 위에서 활이나 조총으로 전투하는 병사들을 보호하기 위해 갑판 위를 거북의 등허리와 같이 육각형의 구조를 벌집 모양과 같이 설계했다.

이 벌집 모양의 육각형 구조는 현대적인 유한요소(Finite Element) 해법으로 충분히 최강의 구조임이 입증되고 있고 미국의 NASA에서 외계에 보내는 구조체로 널리 사용되고 있다. 만일 기술자 이순신이 그 당시 특허를 받았다면 큰 부자가 되었을 것이다. 그래서 거북선이다. 이는 지상전에서도 그대로 적용된다. 우리가 겪은 6.25 한국전에서 고지 탈환을 위해 얼마나 많은 희생을 치렀는지 아직도 생존하신 참전 지휘관들에게 물어야 한다.

충무공의 넓고 높은 갑판과 꼭 같은 컨셉이다. 여기에 그 충무공의 기본 기술을 본받은 한국형 항공모함이 있다. 한국형 항공모함은 크다. 지금 전 세계에서 사용 중인 항모가 37척에서 40척으로 기록되어 있고 그 중 가장 크다는 미국의 니미츠 함이 약 10만 톤급인데 비해 한국형 항공모함은 그보다 훨씬 큰 15만톤급이다. 왜 그렇게 크냐고 물으면 명확한 답변이 즉시 나온다.

첫째로 우리 항모는 다목적이고 육상에 있는 공군 전투기지를 그대로 항공모함으로 옮겨 놓은 것이다. 세계 어느 나라든 크면 클수록 좋다는 데는 모두 찬성하지만, 경제력, 조선기술, 조선용 철판의 강도, 엔진의 추진력 및 연료 문제 등의 첨예한 기술이 요청된다. 그 좋은 예가 중국 해군이 미국의 니미츠 함과 비슷한 크기로

대표적 항공모함의 갑판과 내부구조

대부분 항공모함은 나라마다 건조시설 및 군사전문가의 결정에 따라 그 설계기준과 크기가 다르고 미사일 등 장착 무기가 다르다. 모함의 내부구조와 층수를 보이는 단면이 있지만, 그 역시 국가에 따라 다르다.

가장 큰 한국형 항공모함은 전체가 7층으로 되어 있고 길이와 폭 역시 세계에서 가장 크다.

Composition of a Typical Carrier Air Group

Two interceptor squadrons, each with F-14 Tomcats	24 aircraft
Three attack squadrons, each with A-7 Corsairs or A-6 Intruders	36 aircraft
One recce detachment, with RF-14 Tomcats	3 aircraft
One AEW detachment, with E-2 Hawkeyes	4 aircraft
One ECM squadron, with EA-6 Prowlers	4 aircraft
One tanker detachment, with KA-6 Intruders	4 aircraft
Two ASW squadrons, one with S-3 Vikings, one with SH-3 Sea King helicopters	10 aircraft 6 helicopters
Total	91 aircraft

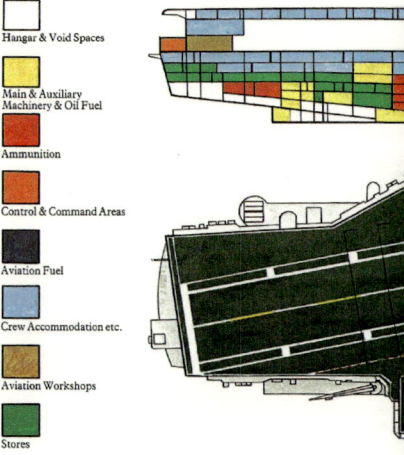

- Hangar & Void Spaces
- Main & Auxiliary Machinery & Oil Fuel
- Ammunition
- Control & Command Areas
- Aviation Fuel
- Crew Accommodation etc.
- Aviation Workshops
- Stores

Below: The *Forrestal* class carrier *Ranger* makes a high-speed turn.
Bottom right: An A-7E Corsair II attack aircraft in flight over the *Kitty Hawk* class carrier *America*.

2040년 한국형 항공모함

만들려고 시도했다가 설계 제작을 다 마친 후 대련 항에 시험 항해 중 3시간 만에 선체가 부러지는 사고가 있었다.

원인은 선체에 비해서 용접기술이나 철판의 강도가 따라 주지 못한 데 있었다. 또 2040년대의 각국 항공모함은 거의 모두 원자력을 사용하는데 그것도 원활하지 못한 것으로 알려졌었다. 물론 중국의 원자력 이론은 매우 앞섰지만, 이론과 실제 적용에 차이가 많은 것이 중국의 문제였다.

2040년대의 대형 항공모함이나 잠수함 심지어 화물선까지도 모두 원자력을 주된 연료로 쓴다. 그전에는 석탄이나 석유 LNG 등의 화석 계통 연료를 써서 1차로 보일러의 물을 데워 증기로 만들고 그 다음 단계로 그 증기를 고압 분사시켜 발전기를 돌리고 선박 엔진을 가동한다.

화석 연료의 가장 큰 문제점은 탄소계통 폐연료를 내 뿜어 지구 온난화를 가속하고 폐연료를 처리하는 문제이다.

물론 효율도 원자력에 비해 매우 낮았다. 또 하나 가장 중요한 문제는 연료 공급문제로 자주 보급선이 왕래하거나 모함 자체가 항구에 정박해야 하는 어려움이 있다. 이는 작전상 가장 큰 약점이다. 원자력을 쓰면 첫째로 한번 연료를 주입하면 약 3개월은 지탱할 수 있다. 물론 원자력에서도 폐연료 처리를 신중하게 해야 하고 그것이 가장 큰 문제이긴 하지만 그 외의 이점이 많다.

이 원자력의 결점을 보완하기 위해서 한화그룹에서 새로 개발한 태양열 활용법이 있고 한국형 항공모함에는 모두 태양열을 많이 쓰고 있다. 항공모함의 갑판은 태양열이 바로 쪼여 매우 덥다. 이것을 이용한 것이 한화그룹의 기본 아이디어이다.

아직은 군사기밀로 모두 설명할 수 없지만 간단히 소개하자면, 활주로를 포함한 갑판의 모든 부분은 완전 평판이고 그 평판위에 매우 투명하고 얇은 초박판 실리콘판을 설치하는 것이다.

겉으로 보기엔 아무것도 없는 것 같지만, 이 얇은 실리콘 박판은 비행기가 이 착함해도 아무런 지장이 없고 그 인장력과 전단력은 기존 항모들이 쓰던 강도의 20배나 되는 새로운 탄소섬유질을 실리콘 재료와 혼합시킨 것이다.

한화그룹은 이 신기술의 보안에 대해 매우 철저히 봉쇄하고 있고 국방부와 협조하여 만일 제 삼국이 이 기술을 도용한다면 전쟁도 불사한다는 취지를 확인 또 확인하고 있다. 필자도 더는 이 기술에 대하여 언급했다간 검찰의 소환을 받을까 염려되어 이만 쓰기로 한다.

이렇게 받은 태양열 에너지를 약 70%를 교류전기로 생산하고 나머지 30%는 모함 5층에 설치한 논과 밭으로 보내어 농사를 짓는데 쓰고 식량 자급자족을 목표로 하고 있지만 아직은 한화의 기술이 미치지 못하고 있다.

승선 병사들의 식량 자급자족만 되면 한국형 항공모함은 완벽한 하나의 섬이 되고 가장 강력한 현대전의 무기가 될 것이다.

또 있다. 6,000명이 넘는 승선 인원들이 먹는 물만 해도 하루에 20,000갤런이 훨씬 넘는다. 그 많은 물을 일본 중국 항공모함은 육지에서 가져와 쓰는데 이 물을 수송하는 작업이 보통 아니다.

그러나 한국형 항공모함은 두산중공업의 기술로 해수를 그 자리에서 처리하고 바닷물 속에 있는 광물질은 그대로 유지하여 병사들의 건강 도움이 될뿐더러 아래층에서 농사짓는데도 매우 편리하다.

만일 이 해수처리 시설이 없었다면 이 모든 것이 불가능하거나 함재기 출격은 고사하고 온종일 물 퍼 나르는데 시간 다 소모할 것이다.

이 해수 처리 시설은 동성중공업의 기술진이 특별히 한국형 항공모함을 위해 설계 제작한 것인데 원자로에서 나오는 엄청난 양의 열을 이용한 것이라고 한다. 그러나 그 열을 식혀주는 열교환기 속에서 회전하는 방사능이 섞인 물과는 완전히 격리한 매우 위생적인 물로 변환시킨 동성중공업의 기술이다.

또 이 항공모함에 설치되어 사용하는 원자로 역시 두산중공업에서 설계 제작된 것인데 두산중공업의 기술이 없었다면 한국형 항모는 불가능했을지도 모른다.

반면 일본 해군에서는 2차 대전 때부터 개발해 온 기술을 그대로 아직도 유지하고 있었기 때문에 큰 실패 없이 최신형 항공모함을 제작할 수 있었다. 물론 자기들이 소유한 기본 용접이나 철판 강도 크기에 맞는 함재기 설계를 맞추어나간 것이다.

중국은 시험 항해 중 사고를 냈고 엄청난 경비를 낭비한 후에 마오 장군이 일본이 한 것과 비슷한 방침으로 결정했지만, 일본은 처음부터 그런 사고를 잘 피해 온 것이다. 마오 장군에 대해서는 후에 많은 이야기가 있을 것이다.

서울과 평양

2030년대 한국 대통령은 정병화 전 국무총리가 당선되었다. 대통령 취임 후 일년쯤 지난 어느날 부총리겸 경제기획원 장관인 김병제 박사가 아침 일찍 청와대에 와서 싱글벙글하면서 대통령께 보고 드릴 일이 있다고 면회를 신청했다.

"대통령님 기쁜 소식이 있습니다. 조금 전에 IMF회장한테서 저의 사재로 전화가 왔습니다. 이번 IMF조사에 의하면 남한 국민 평균소득이 11만 달러이고 세계 경제 등급이 중국 일본 다음으로 세계 3위가 되었습니다. 또 한가지 기쁜 소식은 북한이 소득 9만 달러로 세계 4위가 되었습니다. 이 모두 대통령님께서 저의 경제정책을 적극적으로 힘써 주신 덕분입니다. 고맙습니다."

"거 참 반가운 소식이오. 그 통계가 지속되도록 철저히 노력하시오. 그리고 기자들에게 국민의 적극적인 희생과 노력의 결과라고 널리 홍보하시오."

그렇다. 남한에는 제3한강의 기적이, 북한에는 대동강의 기적이 성공했다. 중국이 1위, 일본이 2위, 남한이 3위, 북한이 4위였다. 남한보다 북한의 경제성장이 뛰어났다. 기적이다.

"실장, 빨리 오 국방위원장에게 전화하여 축하한다고 전하시오. 오늘은 참으로 기쁜 날이오. 김 부총리를 내가 진급을 시켜야 하는데 더 마땅한 자리가 없으니 실장이 한번 연구해 보시오. 대단한 경제 전문가요."

"네 저도 그 점을 살펴 봤습니다만 그러려면 정부조직법을 개정해야 하는데 국회에서 야당이 가만 있지 않을 겁니다. 야당이 반대하지 않는 선에서 김 부총리에게 특별 공로훈장이나 기타 명예 박사를 수여하는 방법도 생각할 수 있겠습니다."

"야당은 되도록 조용하게 하시오. 그건 그렇고 국방 문제가 늘 염려되는데 우리에게는 핵이 없으니 참 답답하오. 국방장관은 뭐라고 하오?"

이 말이 떨어지자마자 국무총리는 기다렸다는 듯이 즉각

"대통령님의 친 이북 정책으로 구태여 우리가 핵을 보유할 필요가 없습니다. 과학기술처에서는 우리가 원한다면 3개월 내에 소형 핵폭탄을 만들 수 있고 그것을 실어 보낼 로켓이나 전투기는 이미 준비된 상태입니다. 혹 우리가 핵을 사용할 필요가 있으면 또 이북의 지원도 가능합니다. 대통령님의 한반도 정책은 여러모로 매우 효과적입니다."

"그럼 됐어. 특히 이북 정부와는 명심하고 진심으로 친밀한 관계를 유지하기 바라오. 우리는 형제간이오."

중국이 세계 경제 1위에 대해서는 별문제가 없으나 일본의 경제력 2위에 대해서는 문제가 다르다. 남북한 경제력을 합치면 일본을 훨씬 넘어 서고 중국 가까이 접근하는데 아직도 남북한은 형식상 두 개의 나라로 분리되어 왔으니 일본이 2위가 된 것이다. 어쨌든 경제력의 순위가 문제가 아니고 실질적으로 국민이 얼마나 행복감을 느끼고 사느냐가 이 정부의 주된 관심사이다.

정 대통령의 부름을 받고 즉각 청와대로 온 국방장관이 거수경례를 하며

"부르셨습니까?" 하고 인사를 했다.

"거기 앉아서 편안하게 얘기하시오. 지금 국방 상황을 알고 싶소."

잠시후 국방장관이 군사령관 시절 사단장에게 브리핑하는 식으로 보고한다.

"이북과의 적의가 없는 지금 국방부는 별로 할 일이 없어졌습니다. 가능한 적으로 중국 일본 러시아 등을 들 수 있으나 중국과도 별 분쟁이 없어 조용하고 일본과는 독도 근방에 정찰비행이나 군함들이 종종 접근하곤 했습니다만 근래에 와서는 전혀 도발 징후가 없습니다. 제 예상으로는 중국과의 관계가 험악해져 우리 쪽으로는 전혀 신경 쓰지 못하는 것으로 보입니다."

"공군과 해군의 최근 독도경비 현황은?"

"네 지금 독도 경비문제로 이북의 국방성과 긴밀히 협조하고 있습니다. 우리 해군과 공군이 항공모함 1척을 독도 동남쪽 30 해리지점에 상주시켜 한국형 최신형 전투기 T-50F 25 대의 함상이·착함 훈련을 매일같이 하고 야간 훈련도 하고 있습니다. 독도 동북쪽 30 해리지점에는 이북 해군이 맡아서 매일 같이 협조하고

상호 현황 보고를 주고받고 있습니다. 이북쪽은 원자력 잠수함을 사용하여 수중 수면에서 감시하고 있습니다."

여기서 우리 해군의 항공모함은 40여 년 전에 정석화 박사가 이순신 장군의 거북선의 근본 설계조건을 그대로 현대 수요에 적응시켜 창안한 것인데, 간단히 말하자면 군용 비행장을 건설할 부동산이 전혀 없고, 있어도 그 토짓값이 너무나 많아 육지 비행장 대신 항공모함을 사용한다는 것이다.

이 모함은 거북선과 같이 활주로가 있는 갑판의 높이를 다른(일본, 중국) 나라의 모함에 비해 훨씬 높게 건조하고 모함의 길이와 폭도 일본 모함에 비해 거의 2배가 된다. 승선 인원은 약 6,000명 정도이고 엔진 연료는 원자력으로 하되 천연가스(LNG)를 사용할 수 있도록 했다. 원자력과 천연가스를 병용하는 이유는 천연가스는 공해가 전혀 없고 원자력 처럼 폐연료 문제가 없는 장점이 있는 반면, 자주 연료 충전을 위해 항구에 정박해야 하는 문제가 있어서다. 그 자세한 기술적 검토는 이미 언급했으나 또 뒤에 더 기술적인 상세한 이야기를 하기로 하겠다.

승선 인원 6,000명 중에는 해군과 공군 장병은 물론이고 대대급 육군과 해병대, 특전사, UDT 등이 상주하고 있다. 젊은 혈기들이 모여 있으니 자연히 주먹다짐이 하루에도 수십번씩 벌어지고 그 싸움을 제지하는 각 군의 헌병들이 파견 되어 감시하고 있지만 역부족이다. 그 중 해군과 해병대는 사이가 좋아 늘 서로 돕고 있지만 다른 군들과는 부딪히면 싸움이다. 그 중에도 해병대 녀석들은 어찌나 기가 센지 도저히 못 당한다. 어디서 배웠는지 이 놈들은 박치기가 전문이다. 폭이 1미터가 조금 넘는 좁은 항모 복도에서는 태권도 등 발차기는 아무 소용없다. 그저 박치기로 번쩍했다 하면 끝이다. 그러고는 헌병이 오기 전에 튀어야 한다.

한번은 공군 애들과 해군이 부딪쳤다. 좁은 복도에서 서로 지나치다 생긴 일이다. 모함 규정상 어느 군을 막론하고 선임자에게 길을 비켜주고 거수경례를 하게 되어 있다.

경례는 모함 안에서는 워낙 좁기 때문에 팔꿈치를 가슴에 바짝 대고 해야 한다. 그러다 보니 귀찮아서 그냥 지나칠 때도 있었다.

"임마 왜 선임자한테 경례 안해? 모함 규정상 어느 군을 막론하고 선임자를 존경해야 한다고 한 것 몰라?"

"선임자면 첫마디부터 임마냐?"

"이 새끼가 간뎅이 부었네?"

"우린 컴퓨터 전문가니까 너 같은 무식한 놈들하고 상대 안해"

"이 새끼가 해군서 배운 컴퓨터는 아무것도 아니야. 공군에서 배워야 하는 것 몰라?"

"우리 공군 애들 제대하면 삼성, LG가 그날로 데려간다는 소문 못 들었어?"

"공군 좋아하시네. 우리 해군은 입대하는 날 입사 계약서 쓴다. 자식아."

그러자 공군 병장이 주먹을 들고 앞으로 나서며 한 방 먹일 자세를 취했다.

해군은 공군 병장의 몸집에 겁을 먹었는지 뒤로 물러서며

"야 해병대 애들 빨리 오라고 해"

라고 외치며 물러났다. 마침 지나가던 해병대가
"야 공군. 왜 우리 해군 애들 건드려, 그만 안 두면 혼난다"
"너는 관계없으니 꺼져 이 새끼야"

그러다 해병대가 공군 한 명의 멱살을 잡고 특기인 박치기로 선방을 날리자 뒤에 있던 공군 한 명이 왼손 잽을 한번 날리고 바로 오른손 훅으로 해병대 한 녀석을 거꾸러트렸다. 곧바로 헌병들이 CCTV 화면을 보고 바로 뛰어와 싸움을 말리고 각기 자기 부대로 돌아가라고 했다.

이 공군과 해병대 패싸움은 50여 년 전에도 있었고 그중 공군측의 싸움꾼은 나중에 대한민국 공군 참모 총장이 되었다. 그 때는 소위 중위 급 공군 조종사들이 부산의 한 캬바레에서(그 시절에는 노래방이 없었고 식당 비슷한 시설에 무대와 마이크를 설치한 것이 고작이었다.) 술을 마시고 놀았는데 해병대 패가 들어와 마이크를 뺏어 서로 먼저 노래를 하려다 일어난 일이었다. 처음에는 나중에 참모총장이 된 김 소위가 마이크를 잡고 한 곡 불렀다.

"길 잃은 나그네의 나침반이냐
항구 잃은 연락선의 고동이더냐
....
.... "

남일해의 '이정표'란 노래였다. 당시나 지금이나 별로 알려진 노래는 아니었지만, 그 당시의 비행기 조종사들은 VOR이라는 나침

반으로 방향을 정하고 비행할 때였으니 조종사들에겐 매우 실감 나는 노래였다. 요즘의 비행기는 모두 인공위성을 이용한 GPS를 사용하지만, 그때는 항로 찾기가 조종사에게는 무척 복잡할 때였다.

그런데 노래가 끝나기도 전에 해병대 녀석이 마이크를 빼앗으려 하지 않는가? 순식간에 패싸움이 벌어졌다.

마침 공군 헌병대 애들이 그 자리에 있었는데 그 아이들은 모두 권투 유도 선수들이었다. 전방 근무를 피하려고 공군에 자원입대한 친구들이다.

운동 선수들을 상대해 싸우기는 역부족인 해병대가 일단 물러섰지만 그 녀석들은 대단히 끈질긴 해병대 근성이 있었는지 그날 저녁 김해(지금의 부산 공항)에 있는 부대로 돌아와 장병들이 깊이 잠든 사이에 해병대 20여 명이 보초를 때려눕히고 장교 숙소로 쳐들어와 한판 난투극을 벌였다. 물론 자다가 싸웠으니 영문도 모르고 실컷 얻어맞았다. 그 사건으로 해병대 사령관이 문책을 당했고 온 국방부가 어수선해진 적이 있었다. 그중에는 나중에 공군 참모총장이 된 김 소위도 있었고 또 미국 유학을 다녀 온 해병대 임 중위도 있었다. 모두 혈기 왕성한 시절의 애들 싸움이고 지금은 모두 추억으로 그리운 이야기이다.

박치기로 치면 한국 주먹 역사상 가장 쎈 싸움꾼인 '시라소니'를 빼 놓을 수 없다. 이 박치기 시라소니는 원래 평안북도 출신으로 특정 무술을 배운 적도 없고 연마한 적도 없지만 1940년 당시 한국은 물론이고 만주 중국 등에서도 그를 당할 자가 없었다고 한다.

그의 유명한 일화 중 당시 대한민국 임시정부 주석이던 김구 선생의 요청으로 중국 최대 주먹인 소림사의 쿵후 고수와 상해 뒷골목에서 한판 붙은 적이 있었다.

체구나 체력 모두가 도저히 상대가 안 되는 중국 쿵후 고수에게 처음엔 쓰러질 듯 얻어맞았지만 결국 그의 명품 박치기 한방에 그 큰 쿵후 고수를 끝내 주었다는 이야기는 길이 우리 주먹 역사상 남아있는 실화이다.

또 한 명의 주먹이 있었다. 큰 체구에 미남으로 생긴 서울의 김두한이다. 별명이 잇뽕으로 단 한방에 안 떨어지는 싸움꾼이 없다고 지은 별명이다. 선천적으로 뼈가 굵어 외통뼈의 사나이 주먹도 쎄었지만 발 솜씨는 더욱 일품이였다. 시라소니와 김두한이 싸우면 누가 이길까는 아직도 풀리지 않는 숙제이다. 시라소니의 박치기와 발솜씨 빠른 속도 등을 봐서 시라소니에 한 점 더 주고 싶은 것이 독자 여러분의 평가라고 보고 싶다.

이렇게 막강한 한국형 항모는 그 규모나 장비로 봐서 바다를 떠다니는 해군의 요세이고 공군의 기지다. 일본 중국 모두 한국형 항모의 위력을 어느 정도 알고 있고 직접 대전하는 것을 피하라는 자국 정부의 지침이 있다고 알려졌지만, 그 규모나 무장의 위력은 실로 엄청난 것이다. 만일 어느 쪽이 잘못 판단해 건드렸다간 엄청난 대가를 치를 것이다. 그런데 독도 경비 임무를 띤 대한민국 항공모함 박정희 함에게는 매우 조용한 날들이 계속되고 있다. 모두가 의아하게 생각된다. 그런데 최근 국방부에서 얻은 정보에 의하면 일본이 항공모함을 비롯해 굉장한 전쟁준비를 하고 있는데 적대 국가가 한국은 아닌 것으로 확인되었다고 한다.

*
*
*

한국 항공모함 박정희 함

　한국의 항공모함은 앞서 언급했듯이 그 규모가 세계 어느 나라보다 크고 따라서 승선 인원도 많다. 언뜻 보아 너무 큰 것 같지만, 대부분의 전투기가 안전하게 이 착함하고 또 케터펄트(Catapult)와 같은 이함 시의 견인 조치와 착함 후에 항공기가 멀리 못 가게 당겨주는 테일 훅(Tail Hook) 장치가 전혀 필요 없게 하기 위해서는 한국의 장점인 조선 기술을 활용한 것이다.

　또 영국 해군의 항공모함에 주로 쓰는 스키 점프 시설도 필요 없는 장점이 있다. 이 스키 점프는 활주로 끝부분을 약 20도 위로 치켜 올려 이함하는 항공기가 쉽게 고도를 상승하도록 하는 장치인데, 미국 일본 한국 등의 나라에서는 이런 장치를 사용하지 않고 그 대신 활주로 길이를 더 길게 하거나 일본의 JF-38 전투기와 같이 이함 직전에 비행기에 장착해 놓은 로켓을 점화시켜 상승 속도를 늘리는 방법이 더 효과적이고 경제적이라고 한다.

대표적 최신 항공모함

항공모함의 핵심부인 갑판의 활주로와 관제탑이 보인다. 항공기 이함시에 속도를 빠르게 하기 위해 항공기에 장착된 연결 고리장치인 케터펄트(Catapult)는 갑판 바로 밑에 있기 때문에 보이지 않는다. 또 착함 시에 속도를 줄이기 위한 테일 훅(Tail Hook) 장치도 보이지 않는다.

한국 항공모함 박정희 함

한국형 항공모함은 활주로 길이가 1,500미터가 넘기 때문에 스키점프도 필요 없고 일본처럼 특별히 위험한 로켓을 부착할 필요도 없다. 특별히 착함 속도가 빠른 비행기를 위해서 갑판의 경사를 전반적으로 약 5도를 높이면 어느 비행기든 안전하게 착함할 장치도 해놓았다. 이 경사는 영국식 스키점프와는 전혀 다르고 경제성도 매우 우수한 편이다.

그 모든 것이 그동안 한국이 쌓아 온 조선 기술과 특수 선박용 고강도 철판을 사용하기 때문이다. 한국 해군에서는 모두 10척의 항모를 보유 운용하고 있는데, 그중 한 대는 특별히 독도 근방에 배치해 놓고 나머지 9척을 서해와 동해 남해 등 삼면에 고루 배치해 놓았다.

삼성전자와 국방과학연구소가 공동으로 개발한 슈퍼 스텔스(Super Stealth) 기능은 한국이 보유하고 있는 항공모함의 표준 기술 시방서이다.

2015년 현재 가장 큰 항공모함이 미국의 니미츠 호인데 10만 톤이 조금 넘는 정도인데, 박정희 함은 15만 톤으로 톤수나 크기로 봐도 당연히 세계 제일의 위치에 있다. 활주로 길이가 자그마치 1,500미터나 되어 대부분의 항공기가 이 착함하는 데 아무런 지장이 없다.

한국의 최신형 전투기 T-70C 기는 활주로의 삼분의 이 지점, 즉 1,000미터면 충분히 뜨고 내릴 수 있어 조종사에게는 매우 편리한 이점이 있다. 가장 무거운 보급 수송기도 지상 활주로나 다름없이 뜨고 내린다. 미국의 니미츠 호는 10만 톤 급인데 반해 활주로 길이가 300미터가 채 못 된다.

대부분의 한국형 항공모함은 글자 그대로 인간이 만든 세계에서 가장 큰 구조물로 우리 삼성건설이 지은 말레이시아와 두바이의 초고층 건물과 비교할만한 철 구조물이다.

삼성의 초고층은 철근 콘크리트가 주 자재이지만 우리 항공모함은 고강도 선박용 철판이 주 자재이므로 설계상의 어려움이나 제작 경비는 어느 초고층보다 두세 배 더 높다.

그 주된 재료는 고강도 철판이지만 그 외에도 알루미늄 니켈 같은 합금도 필요에 따라서 많이 들어간다. 또 안전을 충분히 고려하여 8,000명 승선 인원과 80대의 완전무장한 전투기를 충분히 수용 수 있어야 한다.

실로 엄청난 작업이다. 주된 함체의 철판 두께가 자그마치 8인치 정도이고 이런 고강도의 철판을 제조할 수 있는 기술은 전 세계에서 한국의 현대제철과 포항제철밖에는 없다.

1900년대 초기부터 항모를 제작했고 세계적인 철강공장을 운영한다는 일본제철도 그렇게 두껍고 강도가 높은 선박용 철판은 아직 못 만든다.

또 이정도 두께의 철판을 용접하는 것은 특별한 기술이 필요하다. 그래서 일본은 아예 포기한 것이다. 이렇게 두꺼운 철판이면 가느다란 용접을 무려 10번 정도 반복하여 조금씩 해야 한다. 열응력과 열처리 때문이다. 자세한 기술적 얘기는 나중에 하겠다.

이렇게 큰 배를 만들 수 있는 것은 극초강도의 선박용 철판을 생산하는 탁월한 제철기술과 세계 어느 나라도 못 따르는 탁월한 용접공법 때문이다.

모든 공정이 로봇을 사용한 자동식 작업이고 만일 품질에 문제가 있으면 로봇이 스스로 되돌아가서 재처리해 주는 공정이다.

한국은 이미 70년 전부터 LNG 수송선 등 초저온용 철판 용접 기술을 보유해 세계에서 독점 거래를 해 왔기 때문에 이 정도의 항공모함을 건조하는 것은 그리 큰 문제가 아니다. 하지만 다른 나라들은 엄두도 못 내는 특수 기술이다. 그뿐만 아니라 언제 어디서든지 날아오는 미사일이나 수중의 어뢰를 선제 격퇴할 수 있는 초특급 레이더 장치도 모두 갖추고 있다. 그럼에도 불구하고 수시로 그 위치를 변경하여 작전 연습을 매일같이 한다. 그 모든 것이 군사 기밀이다.

주동력원은 원자력이다. 원자력 외에도 각종 친환경 에너지를 사용하고 있고 그 기술 또한 탁월하지만, 그 자세한 기술 정보는 뒤로 미루고 우선 이 박정희 함 이야기부터 끝을 내야 한다.

박정희 함을 포함한 한국형 항공모함은 모두 12층으로 되어있다. 다른 나라 모함보다 3개 층이 더 많다.

맨 위층은 활주로가 있는 갑판이다. 한화그룹의 태양열 연구팀이 설치한 얇은 실리콘 막이 갑판에 쪼이는 태양열을 받아 전기로 변환시키고 그 전기의 약 30퍼센트는 아래층의 밭과 논에 사용한다. 모두가 비밀 기술이다.

그 밑 11층에는 전투기 (함재기) 계류 및 정비 층이고 12층에 착함한 전투기는 엘리베이터로 바로 내려와 언제든지 착함하는 비행기를 위해 비워 놓고 비상 대기하고 있다.

갑판의 활주로나 착함 지점 표시는 모두 특수도장으로 전투기 조종사 외에는 안 보이는 특수 스텔스 기술로 되어 있어 항공모함 전체가 레이더나 인간의 육안으로 볼 수 없는 특수 스텔스 기술로 숨겨져 있다.

이 기술은 대한민국의 삼성전자와 국방과학연구소가 합작하여 개발한 기술이다. 전략상 매우 중요한 기밀로 일본이 스파이를 이용하여 훔쳐내려 한 적도 있다.

남의 기술을 훔쳐도 자기 노하우가 어느 정도 있어야 감을 잡을 수 있다. 이것이 바로 중국 기술이 일본기술을 못 따라가는 이유이다. 중국이라고 군사적 특수 기술과 스파이가 없는 것은 아니지만, 훔쳐 낸다 해도 우리의 기술이 워낙 정교해서 도저히 따라 할 수가 없다.

그 밑 10층에는 또 하나의 활주로가 있다. 대부분의 이함 전투기는 비상출동이 아니면 이 10층 활주로를 쓴다. 모든 비행지시는 갑판에 있는 비행 관제소에서 통신으로 지시하지만, 이 역시 적의 통신에 잡히지 않게 수시로 주파수를 바꾸어 시행하고 있다.

10층 활주로 양쪽 옆에 6대씩 도합 12기의 전투기가 계류하고 있다가 발진 명령이 떨어지면 곧 활주로 출발지점으로 유도해 이륙 지시를 기다리다가 지시가 떨어지면 곧바로 엔진을 최고 파워로 올리고 활주를 시작한다.

구식 프로펠러 엔진과 달리 제트 엔진은 파워가 쎄긴 하지만 최고 파워가 나올 때까지 시간이 걸린다. 그러므로 수송용 함제기는 프로펠러와 제트 엔진을 겸용해서 장착하는 비행기도 있다.

한국형 항공모함에 싣고 가는 전투기는 모두 46기나 되고 필요하면 44기를 실을 수도 있다.

9층에는 각종 보급창고와 비행기 부품 창고가 있다.

품목마다 번호와 이름이 적혀 보관되고 있는데 11층 정비층에서 자주 쓰는 무게나 부피가 크지 않은 부품은 11층에서 보관하고 나머지는 모두 9층에 둔다. 부품이 수천 개나 되니 컴퓨터와 로봇을 사용하지 않으면 부품 찾는 데만 며칠이 걸린다.

11층 정비층의 정비사가 전투기 바로 앞에 있는 컴퓨터에 부품 이름만 입력하면 컴퓨터와 로봇이 찾아서 엘리베이터 실어주고 곧 그 전투기 앞까지 와서 놓고 간다. 만일 다른 부품이 입력되었거나 전달되었으면 곧 취소하고 재발송을 요청할 수 있게 되었다.

모함 안에서 컴퓨터가 하는 일은 실로 엄청나고 또 컴퓨터가 없으면 모함 운행이 불가능하다. 2차 대전 때 미국과 일본이 사용하던 모함과 겉모양은 비슷할지 모르지만 크기나 운용 장비 면에서는 전혀 비교할 수 없는 새로운 테크놀로지의 복합체이다. 일본이 오래전부터 항공모함을 자체 개발하고 실전에도 사용한 경험이 있지만 큰 효과를 발휘 못 하는 이유가 이런 데 있다.

또 항공모함 전체를 층마다 공간마다 분리하는 칸막이가 있어 한쪽에서 폭발 사고나 물이 새면 이 칸막이벽이 막아주도록 되어 있다. 그 벽 및 부분에 사람 하나가 겨우 들어갈 수 있는 크기의 타원형 출입구가 있는데 이는 비상시 인명구조용으로 해 놓은 장치이다. 사고가 나면 불과 몇 초 만에 이 비상 출입문으로 나와야 살 수 있고 만일 불가능하면 자동으로 모든 비상구가 잠겨 버리게 된다. 몇 사람의 인명보다 모함 전체의 운명이 더 중대하기 때문이다.

그렇게 큰 모함이지만 항상 전후좌우로 기우뚱거리는 것은 파도와 모함의 부력이 작용하기 때문인데 전투기 조종사들은 지상 훈련 때와는 다른 이런 모함의 움직임에 빨리 익숙해져야 무사히 이 착함할 수 있다.

함재기 조종사는 처음에 항공모함과 똑같이 표시해 놓고 똑같은 길이의 지상 활주로에서 비행훈련을 시작한다. 대부분의 엘리트 조종사는 약 200시간의 훈련을 완수하고 함재기 조종사 자격증을 받게 된다.

그 후 실제로 항공모함에 배치되기 전에 약 1개월 동안 휴가를 얻어 여기저기 여행도 하게 되는데 그 후에 원대 복귀하여 각 항공모함으로 전속 명령을 받고 전투기를 직접 조종하여 전속된 항공모함으로 날아가 착함 즉시 전입 신고를 마치고 또 곧 비행 실습과정에 들어간다. 거기서 약 50시간의 모든 이 착함 훈련을 마치고 실전에 들어가게 된다. 이때가 가장 크게 긍지를 느낄 때이고 모든 장병들이 우러러볼 때다.

그러나 지상 훈련을 마치고 한 달간 휴가를 갔을 때가 제일 사고를 많이 낼 때이다.

"이 새끼가 조종사면 다 같은 조종산 줄 아냐"
"너 함재기 조종 교육 받아 봤어?"
"내가 함재기 조종사야, 이 새끼야"

한창때이니 안하무인 격이고 또 그만큼 어려운 비행훈련을 겪었으니 이해할 만하지만, 사고를 낼 때도 있다. 그렇지만 공군의 전투기 조종사 역시 대단하다.

"함재기 따위는 도그파이트(전투기와 전투기의 싸움, 이를 개싸움과 비교하여 지은 이름) 붙으면 금방 격추시켜"

"간덩이가 부었냐"

"야 같은 조종사들끼리 무슨 짓이야? 참아"

만일 해군 조종사와 공군 조종사가 같은 항공모함에서 훈련을 받고 근무했다면 떨어질 수 없이 친한 친구이고 전우가 되게 마련이다.

이 박정희 항공모함에도 공군 조종사도 있고 해군 전투기 조종사도 있다. 이 함재기 조종사들은 모든 국민이 인정해주는 엘리트 조종사이고 국가의 최첨단 수호자다.

기초 비행 훈련에서 시작하여 함재기 조종사가 되기까지는 최소한 비행시간이 500시간은 넘어야 하고 비행과정마다 필기시험도 있다. 훈련생의 4분의 1은 중도에서 탈락한다.

조종사 교육은 가장 기초 비행과정을 무사히 마치면 조종사란 표시로 날개 같은 군복 유니폼의 윙을 왼쪽 가슴에 달 수 있는 특전을 준다. 세계 어느 나라나 마찬가지이다.

이 날개 모양의 윙 흉장은 참으로 대단한 긍지를 느끼게 해 주는 것인데 윙을 달았다고 모두 전투 조종사가 되는 것은 아니다. 그저 조종사로서 기초교육을 받았고 단독으로 비행할 수 있는 능력이 있다는 것이다. 이 단독 비행을 솔로라고 부르고 솔로 비행으로 장거리 비행을 마쳐야 자격을 주는 것도 세계 공통이다.

옛날에는 귀족들만 조종사가 될 수 있었고 이 윙만 달고 있으면 귀족이고 또 비행기 조종사라는 표시였으므로 대단한 인기였다.

박정희 함을 설명하기 전에 왜 박정희 함이라고 부르는가를 설명해야 한다.

한국 역사상 박정희 대통령은 매우 위대한 신화적인 인물이다. 그의 수많은 업적 중에 자주국방과 중화학공업화가 있다.

당시 국민의 70퍼센트가 농민이고 해마다 봄만 되면 지어놓은 곡식이 다 떨어져 풀뿌리와 나무껍질로 연명하는 현실을 타개하려고 연구에 연구를 거듭한 결과, 결론은 당장 제철산업을 일으켜야 한다는 것이다.

당대의 경제 전문가들은 초근목피로 연명해 가는 국민에게 어림도 없는 정책이라고 반대를 했지만, 박정희 대통령은 조금도 쏠림이 없이 그대로 진행해 오늘날 세계적인 철강 국가, 세계 최고의 조선국가, 세계적인 자동차 생산 국가 등등 세계 제철 제조 산업의 메카로 바꾸어 놓았다.

이 한국형 항공모함도 따지고 보면 박정희 대통령이 추진한 제철업에 그 기본을 둘 수가 있다. 그 한국형 항공모함을 가능하게 만든 것은 고급 조선용 철판을 생산할 수 있고 또 그 철판들을 이어주는 용접이 가능하기 때문이다. 그중 가장 최고의 성능을 지닌 항공모함을 박정희 함으로 이름 짓는 것은 너무도 당연한 일이다.

독도에 배치된 박정희 함의 함장은 해군사관 학교 출신으로 공군에 배속되어 조종사 자격을 획득했고, 또 이 착함 조종 교육도 다 받은 베테랑 해군 전투기 조종사로 지금은 공군의 소장급에 해당하는 해군 제독으로 독도 경비를 책임지고 있다.

한편 북한 해군도 최신형 원자력 잠수함을 보내 위치를 수시로 조금씩 바꾸어 가며 독도 경비를 하고있다. 물론 군사 기밀이지만 남한 해군 항모와 늘 정보를 교환하고 있다.
 그 박정희 함장에게로 이북의 원자력 잠수함장으로부터 연락이 왔다고 통신병이 보고했다.

 "지금 바빠서 못 받는다고 해"
 "처음부터 바쁘시다고 했는데 바쁠 일이 없으니 받으시라고 막 독촉이십니다."

 북한 해군 제독은 박정희 함 함장과 군 계급으로는 서열이지만 나이는 약 3개월 밑이라 형님 아우로 부르는 사이다.

 "또 물속에 잠겨 있으니 심심 하구먼"
 "아니 지금은 물 위에 나와 있는데 거기서 안 보이나?"
 "이 사람아 거리가 얼만데 보여?"
 "또 뭐가 필요해? 여자 빼놓고 다 들어 줄 테니 형님이라고 불러 봐"
 "내가 형한테 구걸하는 줄 알아? 물물 교환으로 바꾸자는 거야"
 "너 이제 형이라고 했지. 그래 착하다. 뭐가 필요해?"
 "기 남조선 라면 있잖아? 기기 참 기막히게 맛나드만. 내가 혼자 먹는거이 아니구 고생하는 우리 수병들 줄려고 하니 30상자만 보내라우. 또 기 초코파이란거 있잖아. 기것도 같이 보내라우."
 "공짜로?"
 "기러니까 형이랬잖아? 기게 공짜야? 기다가 니기들 좋아하는 피양 냉면 30상자 보낼 테니, 거래 하간 안 하간?"

"그래 좋다".

"기런데 요즘 일본 아새끼들 왜 꼼짝도 안하디?"

"아직 모르나? 일본놈들 항모 전부를 중국 쪽으로 보냈잖아? 독도는 처다보지도 않아."

"기건 우리 사령부도 다 알고 있디."

참고로 이북의 잠수함은 구소련에서 시작한 설계를 기본으로 자기들이 독자 개발한 최신식 원자력으로 유지하고 또 수중에서 소형 원자탄을 쏘아 올려 몇천 킬로미터 장거리 목표도 정확하게 칠 수 있다고 한다. 북한의 원자력 잠수함은 매우 특출한 원자력 기술로 설계되었는데 그 구성 입면도는 아래의 그림과 같다.

잠수함은 역시 물속에서 얼마나 오래 버틸 수 있는가가 가장 중요한 요소이다. 구소련시대에만 해도 석탄을 잔뜩 싣고 가 그 석탄을 태우면서 잠수함 엔진과 산소 제조기를 작동시켰지만 석탄을 쓰는 것은 매우 위험한 일이다. 석탄에서 나오는 일산화탄소 때문에 잠수함에 승선한 병사들이 몰살된 일도 있었다.

이제 이북은 그 자체의 원자력 기술로 소형 원자로를 설계 제작하여 잠수함에 장착해 놓고 있다. 그 소형원자로에서 발생하는 열로 물을 데워 생기는 증기를 고압 방사하여 전기 터빈을 회전시키고, 거기서 나오는 전기로 잠수 시설 장비를 작동시킨다.

또 원자로에 사용한 폐연료를 사용하면 그 자리에서 원자탄을 생산할 수도 있다. 그래서 이북에서는 수중의 잠수함에서 원자탄을 장착한 로켓을 쏘아 몇 천킬로미터의 거리의 목표를 명중시키는 기술도 개발했다고 한다.

대표적 원자력 잠수함

대부분의 원자력 잠수함은 항공모함과 마찬가지로 장기간 연료와 보급품을 지원 받지 않고 작전을 수행해야 한다. 이 역시 나라마다 건조시설 및 군사전문가의 결정에 따라 그 크기와 장착 무기가 달라진다. 북한이 개발 소유한 원자력 잠수함도 이와 비슷하다. 그 나라의 모든 기술력의 집대성이라 할 수 있다.

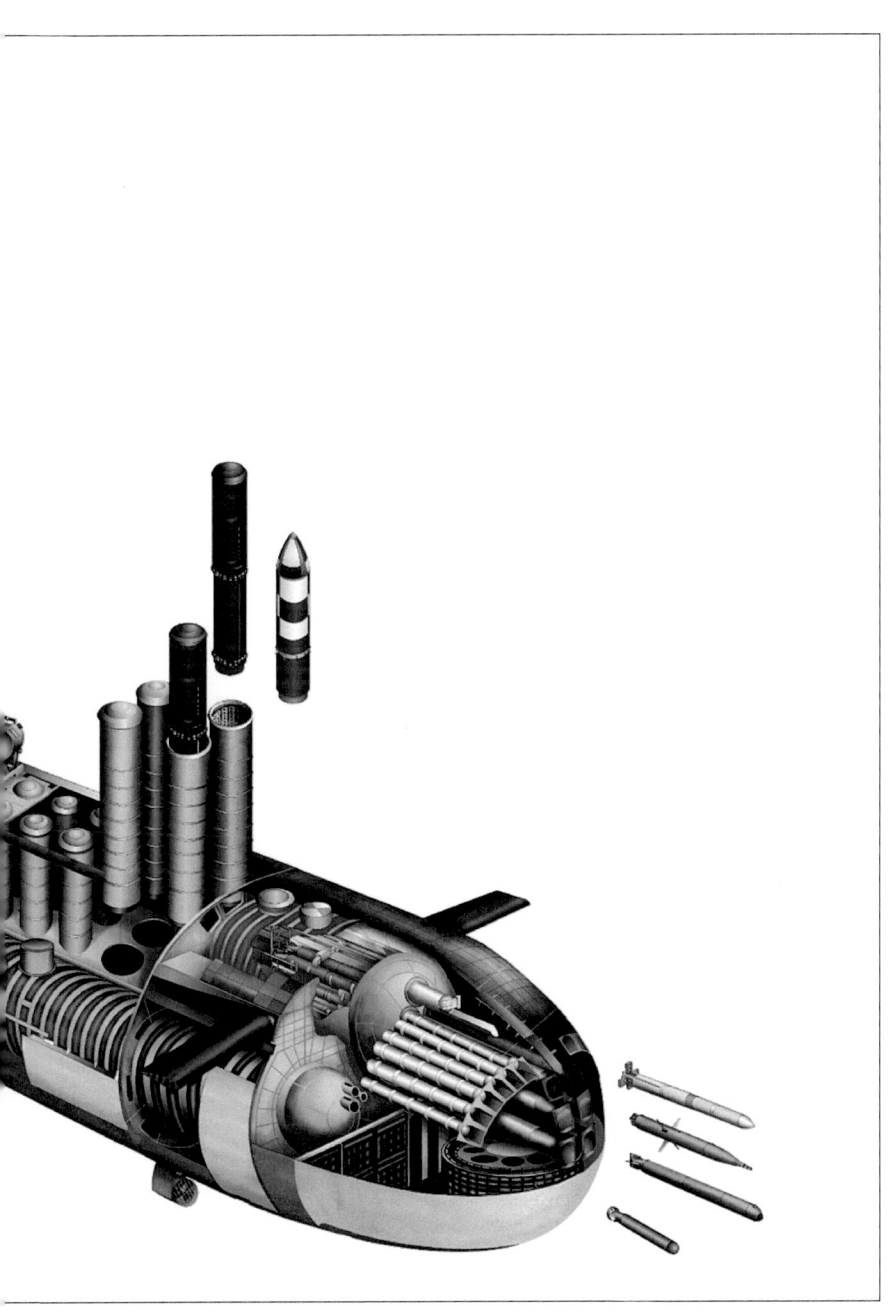

한국 항공모함 박정희 함 77

그러나 현재는 우리 대한민국과의 최우방국으로 형제와 같이 지내는 사이이고 군사적으로도 긴밀히 협조하고 있다.

이와 관련해 두산중공업에서 만든 해수처리시설과 산소 제조 공급장치를 빼놓을 수 없다. 기발한 발명품이고 항공모함과 잠수함에는 뺄 수 없는 중요한 품목들이다.

두산중공업의 해수처리 전문시설을 모르는 사람은 없을 것이지만 산소 제조를 한다는 말은 처음 듣는 이가 많을 것이다. 그것은 바로 해수처리시설과 관련된 쉽고도 대단히 중요한 발명품이다.

알다시피 물은 해수나 담수 할 것 없이 수소와 산소가 화학적으로 결합되어 있다. 이것을 수소와 산소로 분리만 하면 쉽게 산소가 나오게 되어 있다.

두산중공업에서 개발한 장치는 매우 간단하게 설계되어 직경이 50센티 정도이고 길이가 80센티 정도로 해수처리시설에 부착시켜 놓으면 하루 24시간 쉬지 않고 산소를 내 뿜는 발명품이다. 그 내부의 자세한 기술적인 사항은 두산중공업의 허락이 없으면 함부로 발설할 수 없다. 이렇게 뿜어 나오는 산소는 항공모함과 잠수함에서 근무하는 수병들에게는 매우 중요한 위생 호흡을 보증해 주는 역할을 한다.

알다시피 제2차 세계대전 때 독일이 개발한 초기 잠수함은 석탄을 때어 그 끓는 물로 전기도 생산하고 또 석유를 사용하는 방식의 엔진이었다. 한번은 엔진을 가동시키다 일산화탄소와 염산 등 유해한 가스가 그 잠수함 안에 있든 모든 장병을 몰살했고 거의 한 달 후에나 발견한 사고도 있었다.

이북에서도 초창기에는 그 비슷한 사고가 여러 번 있었다고 알고 있다.

한국형 항공모함에는 두산중공업의 발명품 때문에 그런 염려가 전혀 없고 잠수함 내부의 공기가 바깥 바닷바람보다 더 시원하고 상쾌해 근무 효율이 매우 높다. 또 이북의 잠수함에도 설치해 주고 있어 이북 수병들도 마음 놓고 위생적으로 근무하게 되었다.

중국의 항공모함은 이런 장치가 전혀 없어 수병들이 기관지염이나 폐병으로 고생하고, 폐병이 발병한지 얼마 지나지 않아 승선 장병 모두가 전염되는 사례도 있었다. 이는 나중에 더 자세히 설명하겠다.

또 이와는 별도로 서울의 한 조그만 업체가 탁한 미세먼지와 황사로 사람들의 기관지와 폐가 병 들어가는 사실에 착안하여 소형 산소제조기를 설계 제작하여 가정마다 공급하고 중국에도 수출하는 성공 사례가 있었다. 물론 그때는 중국이 일본해군의 핵 공격을 받기 전의 이야기이다.

그 회사 이름은 글자 그대로 '산소피아'라고 부르지만, 대표자의 요청으로 대표자의 이름은 발표하지 않기로 한다. 아마도 그보다 더 큰 세계적인 기업을 이룩할 야심이 있어 이름이 알려지는 것이 못마땅한 것 같다. 산소 소비가 급속히 늘어나면서 회사 규모도 커지는 것은 당연하다. 그때가 가장 위험하고 전문 경영인이 필요할 때이다. 그러는 와중에 두산중공업 해수처리 시설부문에서 일대일 비중으로 합작하자는 제의가 들어 와서 성사된 사례가 있었다.

이야기는 다시 미국과 중국 일본의 국제관계로 돌아가기로 하겠다.

*
*
*

미국 워싱턴 D.C.

　미국의 수도 워싱턴 D.C.의 백악관은 대통령의 저택이자 집무실이고 수백 명의 비서진과 사무원들의 사무실로 대통령의 모든 정책과 방침을 논의하여 재가를 얻는 곳이기도 하다.
　현재 이 백악관의 주인인 대통령은 멕시코 출신인 아미고이다. 멕시코인치고는 꽤나 큰 체구에 다부진 몸집으로 운동선수였음을 말해주고 있다.
　아미고는 멕시코의 수도 멕시코시티에서 얼마 떨어지지 않은 조그만 농촌에서 가난하게 어린 시절을 보냈다. 좀 커서는 축구선수도 하고 또 20대 초반에는 시내로 이주하여 폭력 조직에도 가담 하여 마약 거래를 한 적도 있었다. 20대 초반에 야반도주하여 국경을 넘어 미국으로 밀입국했고, 미국에서도 계속 폭력조직의 일원으로 마약 거래를 하던 중 우연히 밤무대에서 가수 생활도 하게 된다.
　가수로 미국에서는 알아주는 인기도 끌게 되었고 뒤로는 마약 거래로 많은 돈도 벌게 되었다.

미국에서 멕시코를 비롯한 남아메리카 이민자들이 많아진 것은 이미 100여 년이 넘었다. 미국은 워낙 방대한 지역으로 너무도 빨리 농업화 공업화가 동시에 일어나고 있어 많은 노동력이 절실했다. 때문에 아프리카의 흑인을 잡아다 노예로 혹사시키고 그것도 모자라 남미의 멕시코인들을 대량으로 입국시켜 값싼 막노동을 시킨 것이 100여 년이나 된 것이다.

그래도 미국은 관대한 나라라 흑인, 멕시코인에게도 선거권을 주었고 법적으로는 모든 권한을 원래부터 거주해오던 백인들과 꼭 같은 위치에 있게 허용했다. 하지만 동일한 참정권이 백인의 나라이던 미국을 병들게 만들게 되었다.

멕시코 출신 이민자들은 그저 막노동해서 돈만 벌고 자녀 교육은 뒷전이었다. 막노동만 해도 자기 나라와 비교하면 훨씬 잘살 수 있다는 생각으로 자녀 교육에는 전혀 관심이 없고 그 자식들 역시 큰 희망을 가질 수가 없었다.

그러면서도 멕시코 출신과 흑인들의 인구는 계속 늘어나 정치적으로 큰 세력이 되었고 백인들이 오히려 소수 민족이 되어 정치적으로 아무런 힘이 없어졌다.

공용어는 아직도 영어지만 실제로 멕시코식 스페인어가 공용어로 바뀌어지고 있다. 또 정치적인 힘과 더불어 교육에 대한 열정이나 가치도 전혀 모르는 막노동꾼들의 거주지와 같은 현상으로 변해 버렸다.

미국은 이제 백인들이 모든 경제와 기술을 이끌던 나라가 아니고 무식한 막노동꾼의 나라로 변해 버렸다. 그래서 멕시코 출신 대통령이 나오게 된 것이다.

그래도 돈만 있으면 불가능 한 것이 없는 나라이고 때문에 마약으로 많은 부를 축적한 아미고가 정치에 진출하는 것은 그리 어렵지 않았다.

미국연방 상원의원에 당선되었다고 축하 파티를 하는가 하더니 곧바로 대통령 후보 지명을 받고 당선되어 지금의 백악관 주인이 되었다. 물론 멕시코와 기타 남미 출신 유권자들의 절대적인 지지가 있어야만 가능한 일이다. 아미고 대통령은 역대 멕시코 출신 미국 대통령 중에서도 매우 획기적이고 강력한 정책 실천자로 더욱 유명해졌다.

물론 미국 의회나 유권자들의 절대적인 지지가 있어야만 가능한 일이다. 다시 말하면 미국은 이미 백인들의 나라가 아니고 유색인종인 멕시코인 등 남미인과 흑인들의 지지가 없으면 아무 일도 할 수 없는 나라가 된 것이 벌써 20년이나 되었다.

아미고 대통령은 당선 직후 터무니없는 정책을 만들어 이를 참지 못하는 백인 중 수백만 명이 스웨덴 스위스 등으로 이주해 버렸다. 이민자 수는 지속적으로 늘어나고 있다.

그 정책이란 것이 도대체 누구의 자문을 받았는지 매우 심각한 정책 전환이었다.

첫째 기존의 미식축구는 선수들에게 매우 위험하다는 이유로 금지 하고 대신 멕시코인들이 즐기는 축구를 장려한다.

둘째 이미 몇백 년 동안 유지해온 모든 스키장을 폐쇄하고 그 주차장에 축구 경기장을 만들어 여름철 시원한 게임을 한다. 겨울철에는 너무 추워 모두 폐쇄하는 것이 건강에도 좋다는 이유이다.

셋째 멕시코 사람들이 좋아하는 복싱이나 격투기를 장려하여 그 분야 챔피언을 국민적인 영웅으로 추대하고 대통령인 자신이 직접 선수로 나와 상대방을 때려눕히는 경기도 치르는 것이다.

마지막으로 미국 밖의 일에 대해서는 일체 관심도 두지 않고 관여도 하지 않는다. 물론 경제 교역도 멕시코만 빼고 어느 나라와도 할 수 없다는 정책이다. 어처구니 없는 정책이지만 실현한다는 의지가 강력했다.

그 정책으로 당분간은 미국의 자체 경제 수준도 전보다 나아지고 살기도 전보다 훨씬 나아졌다.

해외에 군대를 주둔시켜 쓸데없이 국방비를 낭비하는 일이 없어졌고, 해외 원조도 멕시코만 빼고 전부 없애 버렸기 때문이다. 그래서 멕시코 출신 미국 시민은 멕시코 국민이었다는 증명서만 제출하면 의식주 해결은 물론이고 한두 번의 고향 방문도 정부에서 지원하는 특혜를 받는 멕시코인 천국이 되어 버렸다.

그러나 문제는 그 국제정책으로 이미 세계 곳곳에서 힘의 균형이 깨지고 크고 작은 국지전쟁이 일어나기 시작한 것이다.

그 국제정책으로 인해 전 세계 제트 엔진의 70퍼센트를 공급하던 미국의 GE사가 전량 수출이 금지되어 도산 상태에 빠졌고, 또 GE사에서 개발하여 한국은 물론 세계시장의 60퍼센트를 장악하던 원자로가 생산이 중단 되었다.

역시 같은 이유로 아미고의 국제정책에 따른 것이다. 다시 말하면 미국 외의 어떤 나라와도 교역하지 않는다는 정책이지만 멕시코만은 예외로 한다는 정책이다.

제트 엔진의 경우 전 세계 어느 나라 비행기이든 사용시간이

700시간이 넘으면 새 엔진으로 교체시켜야 하는 비행 안전 규약이 있다. 이것은 꼭 지켜야 한다. 어느 나라나 다 마찬가지이다.

한때 GE사가 거의 독점하던 엔진 시장이 전면 중단되면서 영국이나 러시아를 제외하고 세계 거의 모든 나라가 비행을 못 할 정도로 심각한 문제가 되었다.

대한민국도 예외는 아니었다. 그러나 약 8개월 만에 대한항공과 현대제철 연구진이 그보다 훨씬 성능이 좋은 엔진을 설계 제작하여 세계 50여 개국에 수출하게 되었다.

그 역시 대한민국의 경제가 세계 3위가 되는 데 큰 역할을 하게 되었는데 자세한 기술적인 얘기는 뒤로 미루고 전운이 감도는 극동지역의 이야기부터 하지 않으면 안 될만큼 위험한 상황이다.

앞서 이야기한 것처럼 미군이 모두 철수한 극동지역은 힘의 불균형이 심화되었다. 아니 그보다 더 심각한 현상이 일어나고 있었다. 중국과 일본이 미국의 힘이 없는 틈에 적대 관계가 더욱 심각해졌으며 일본의 재무장이 급속도로 재촉되었다.

언제 전쟁이 터질지 모르는 폭발 직전의 긴박한 상황이다. 일본에서는 도죠 장군이 나와 군대를 진두지휘하고 중국에서는 마오 장군이 전열을 정비하고 전쟁 준비에 몰두하고 있었다. 양국은 똑같이 신형 원자폭탄 개발과 최신형 전투기 설계 제작과 더불어 이를 싣고 갈 항공모함을 개발하는 데 온 힘을 쏟고 있었다.

역사적으로 보면 극동지역은 1800년대 청일 전쟁과 2차 세계대전에서 중국과 일본이 큰 전쟁을 치렀고, 한국은 임진왜란을 통하여 조선과 원나라, 즉 몽고의 속국이 된 원나라와의 연합군으로 치른 전쟁 등 세 번의 큰 전쟁을 치렀다.

임진왜란의 경우 희생은 조선이 당했으나 일본측의 명분은 중국을 치러 가는데 길을 비켜 달라는 것이었고, 고려시대에 려몽연합군이 일본 점령을 목적으로 현해탄을 항해하다 일본섬을 바로 앞두고 폭풍우를 만나 몰살한 적도 있었다.

그것을 두고 일본인들은 신이 일으키는 바람이라는 뜻으로 가미카제(神風)라고 불렀고, 그 이름이 2차 세계대전 때 전해져 유명한 해군의 자살 특공대 역할을 한 것이다. 2차 세계대전 때 일본 장군들의 계산으로는 몇 대의 자살 특공대가 항공모함 한 대를 격침시키면 전략상 매우 경제적이고 효과적이라고 판단한 것이다. 그러나 그런 짧은 판단은 오늘날까지 의문시되고 있다.

2015년 일본 총리가 미국을 방문하여 미국 의회에서 연설했고 미국 대통령의 극진한 환영을 받은 적이 있다. 그 환영은 다름이 아니고 극동지역에서의 미국의 대중국 방위를 일본이 앞장서기로 합의했기 때문이다.

그때까지만 해도 미국의 힘이 세계를 지배할 정도로 강대했지만, 2040년인 지금에는 힘의 문제라기보다 미국 자체의 국제정책 문제로 멕시코 이외의 국가와는 일절 교류하지 않겠다는 정책에 따라서 국방 예산도 상당히 감축할 수가 있었다.

그렇다고 어느 제3국이 얕보고 덤빌 수 있을 정도로 미약하지는 않을 정도의 국방력은 유지하고 있다. 그래서 일본의 힘과 역할이 커지게 되었고 결국 최강의 경제력과 국방력을 갖춘 중국과 언제든 맞부딪힐 상황에 이른 것이다.

일본은 중국과 역사적으로 이웃이면서도 한 번도 우방국이 된 적이 없었다. 또 중국도 수백 년을 두고 일본을 공격하여 속국으로 만들고자 하는 계책을 포기한 적이 없었고 지금까지 세 번이나 큰 전쟁을 치렀다.
　중국에 비해 일본은 영토나 인구가 월등히 작지만 그래도 중국에 한 번도 패한 적이 없다고 자부하고 있다. 제2차 세계대전에서 강대국 미국을 상대로 생사 결단을 내려 싸운 전력도 있다. 또 그때부터 장려해온 항공모함과 함재기 기술은 아직도 세계적으로 손꼽히고 있다.
　중국도 옛날의 중국이 아니다. 북쪽의 조선족 고구려에 짓눌리고 몽골족에 점령당해 몽골의 속국인 원나라가 되었다가 만주의 여진족에게 국가를 내어주고 청나라가 되기도 하는 비운을 겪었지만, 한(漢)족인 마오쩌둥이 공산주의 이념을 활용하여 광대한 전 중국을 통일했고 경쟁 상대였던 장개석의 국민당 정부를 대만으로 몰아내어 통일국가로서 입신했다.
　처음에는 무척 어려웠고 같은 공산주의 국가였던 소련의 지배야심도 컸지만, 마오쩌둥의 의지와 야심으로 버텨 나갔다. 또 그즈음 설상가상으로 한국에서 전쟁이나 김일성의 간청과 소련의 잔혹한 야심으로 한국전에 참여하게 되었고 직접 친아들을 최전선에 보내었다가 전사하는 비운도 맞았으나 마오쩌둥은 조금도 뉘우침이나 위축됨이 없이 중국 재건에 전력투구하였다.
　그 후 덩샤오핑 대에 와서 공산주의를 고수하면서도 개방정책을 펴 오늘날 세계 최강국의 위치에 오른 것이다.
　여기서 특별히 언급해야 할 사람이 있다. 바로 머리말에서도 언급한 미국의 헨리 키신저 박사이다. 그는 처음으로 쇄국공산주의 국가인 중국을 방문하여 미국과의 교류를 이끌어 내었고 중국을 미국의 경쟁국인 소련을 멀리하는 데 큰 역할을 한 것으로 인정되고 있는 인물이다.

   그 후 얼마 안 되어 키신저 박사의 예언대로 소련은 경제 문제로 인해 붕괴하였고, 미국과 중국이 주도하는 한 시대를 지나게 된다.

   이후 미국이 통상수교거부정책을 내걸고 세계적으로 고립되자, 중국 독주의 시대가 되는가 싶더니 일본이 그동안 간직하고 있던 기술과 자본으로 또다시 중국을 견제하려 들게 된다.

   중국은 중국대로 대국으로서 힘과 인력으로 일본을 짓누르려고 으르렁대고 있다. 그러나 작다고 쉽게 깔볼 수 있는 일본이 아니다. 역사적으로 중국과 세 번이나 싸워 이긴 자부심으로 중국을 깔보고 있다.

   이제 곧 누가 이길 것인가를 풀이해 다음 장으로 넘어가겠다.

*
*
*

일본 도쿄

　일본 도쿄 신주쿠에 있는 옛 육군성 구관과 신관이 지금의 국방성이 되어 있다. 약 10여 년 전만 해도 자위대라고 불리던 국방성은 2030년인 지금은 국방성이라고 개명하고 다가올 전쟁을 준비하는 일본 정부의 주무부서가 되었다.
　예부터 있던 구관은 힘없는 퇴역장군들이 전쟁사 서적이나 들추고 있는 박물관 비슷하게 운영되며 가끔 군 동기들이 모여 회식이나 하는 한가한 장소로 활용되고 있지만, 뒤편의 신관은 젊은 장군들이 진지하고 철저하게 전쟁 계획을 연구 토론하고 육해공군의 최고 실력자들이 자주 드나드는 곳이다.
　군 장성들이 거의 싸울 듯이 열띤 토론을 벌이고 있다. 하지만 주제가 무엇인지 아는 사람은 없다. 그중 가장 열렬하고 거의 완벽하게 전쟁계획을 작성하여 다른 군 장성들에게 마치 대학 교수가 강의하듯 설명하는 훤칠한 키의 젊은 장군이 있었다.

'도죠' 해군 제독이다.

2차 세계대전 때 미국의 진주만 공격을 기습 강행한 육군의 강골 '도죠' 육군사령관이 바로 이 '도죠' 제독의 증조할아버지이다.

일본처럼 가문과 전통을 중시하는 사회는 없다. 옛 군국주의 시절 일본 최고 군벌 가문의 직계 자손으로서 뿐만아니라 그의 탁월한 지식과 지휘능력에 겸하여 위관과 영관 시절에는 일본군 최고의 전투 조종사(해군 항모)로서 이미 일본에서는 모르는 사람이 없었다.

2030년 10월 15일, 일본 육해공군 전군 최고 참모회의에서 그 도죠 장군이

"후쿠시마 시설을 지금보다 500퍼센트 확충하고 모든 시설을 적의 정보망에 노출되지 않는 수퍼 스텔스 기술을 빨리 개발하든지 안되면 그 한국의 삼성반도체인가 뭔가 하는 회사의 기밀을 빼내서라도 일본식으로 사용하든지 해야 합니다. 시간이 없소."

진지하게 발언했지만, 대부분의 장성들은 후쿠시마 시설이 정확히 무엇인지 잘 모르고 있었다.

그중에 마쓰시타 공군 중장은 무슨 뜻인지 알아듣고 즉시

"그건 너무 엄청난 프로젝트이요. 아라이 수상과 중의원 의결을 거쳐야 하지 않을까요?"

"그까짓 아라이는……, 그 사람 오키나와 출신 아니오?"

"그 허수아비한테 우리가 가서 구걸한단 말이오? 대체 일본이 누구의 나라요?"

"지금 중국의 항공모함이 50척이 넘고 최신식 수호이 SU-10 전투기가 1,000대가 넘는다는 정보를 잘 알지 않소?"

"우리 일본이 살아남을 수 있는 유일한 방법은 선제공격밖에 없

는 것도 잘 알지 않소."

"그것도 2차대전 때처럼 발끝이나 밟는 시늉만 하지 말고 일격에 완전 재기불능이 되게끔 쳐야 하오"

도쿄 장군은 금방이라도 숨이 멎을 듯이 말을 토해냈다.

여기에 있는 '마쓰시타' 공군 중장은 오사카 토박이 출신으로 역시 2차대전 때 일본 해군 총사령관이었던 '야마모토' 해군 사령관의 외증손자다.

오사카 사투리가 전통 도쿄 출신의 '도쿄' 제독에게는 좀 거북하게 들리긴 하지만 오랫동안 군 생활에서 맺은 가까운 친구이며 서로 존경하는 사이다.

처음 만남은 두 사람이 모두 소위 시절 함재기 조종 훈련을 받고자 지상 활주로 교육이 막 끝나고 항공모함에서 훈련하게 되어 모함으로 전속되었을 때였다.

두 장교가 다 일본 최고 가문 출신이지만 가문을 알고 있는 사람은 거의 없었다.

일본 최고 항공모함인 도쿄 함이 도쿄만에 정박하여 보급품을 받을 때였다. 보급품을 받으면서도 함재기 훈련은 계속되고 있었다. 여느 항공모함과 마찬가지로 쉼 없이 뜨고 내리는 전투기 엔진 소리에 귀의 고막이 터질 것 같았다.

이 모함에서 훈련받는 조종사들은 일본 최고의 엘리트 장교들이다.

하루는 마쓰시타와 도쿄에게 갑판에 있는 함장실로 즉시 오라고 호출이 왔다. 두 소위는 무슨 영문인지도 모르고 달려왔다.

한 사람은 해군 소위, 다른 한 사람은 공군 소위, 둘 다 매우 미남형으로 잘 생겼고 또 패기가 가득 차 보였다.

먼저 도쪼 소위가 함장에게 경례하면서

"부르셨습니까?"

"그래 두 소위 모두 할 일이 생겼어. 싫다면 다른 장교들에게 위임하지"

"무슨 일인지요? 명령에는 절대복종하는 것이 이 모함의 가장 중요한 규정으로 알고 있습니다."

"음 그러면 말하지, 마쓰시타 소위 들었나?"

"네, 잘 알고 있습니다"

아직도 생도시절 티가 그대로 있어 동작과 행동이 매우 절도 있다.

"내일 도쿄여대 3학년생 60여 명이 이 도쪼 함으로 견학을 오는데 두 소위가 안내를 맡아줬으면 한다. 싫으면 지금 당장 못한다고 말해"

갑자기 엄숙했던 분위기가 즐거운 웃음으로 변하더니 마쓰시타, 도쪼 두 소위가 입이 귀에 걸리면서 동시에

"영광입니다"

라고 힘차게 외쳤다. 싱글벙글하면서 거수경례를 두 번 세 번씩이나 하고 있다.

"잘 알겠지만 절대로 장교의 품위를 떨어뜨리지 일이 없도록."

"절대로 그런 일은 없습니다. 맹세합니다."

도쪼 소위가 입이 벌어진 채 거수경례를 또 하면서 힘차게 말했고 마쓰시타 소위 역시 같은 구호로 거수경례를 했다.

다음날 예정대로 꽃같이 예쁜 60여 명의 도쿄여대생들이 도쿄만을 가로질러 요코하마항 근처의 항공모함에 도착했고 바지선에

서 모함으로 오르는 데 일일이 손을 잡아당겨 줘야 했다. 여대생 60여 명의 손을 잡았으니 젊은 두 소위는 절로 힘이 낫다.

그중에서도 유키코는 첫눈에 반할 만큼 너무도 예쁘고 상량하면서도 매우 지적이었다. 매우 일본적인 미인이다.

두 젊은 소위가 미모에 빠져 정신을 잃고 대화를 하다가도 함장의 말이 생각나 혹시라도 장교의 품위에 어긋나는 언사나 행동이 튀어나올까 봐 극도로 조심하면서 생도 시절처럼 절도있게 응대하고 있다.

비행기 엔진 소리 등으로 시끄러워 잘 들리지 않는다.

"겁나지 않으세요?"

유키코의 질문이다.

"겁난다면 아예 지원을 하지 말아야죠"

마쓰시타 소위는 웃으면서도 간결하고 답했다.

"겁을 내면 안 되지만 매사에 철저히 점검해야 합니다. 그것도 비행 규정입니다."

만난 지 얼마 지나지 않았지만, 유키코는 두 사람이 마치 오래도록 알고 지내던 사이 같았다.

유키코는 두 소위 중 누구와 더 친하게 지낼지 혼자 고민하고 있었다.

도죠는 정신을 잃을 것 같은 남성적 매력으로 유키코의 마음을 당기고 있고, 마쓰시타는 도죠와는 또 다른 매력으로 더 힘차게 달려드는 것 같았다. 이러다 두 남자의 매력에 빠져 잠을 못 이룰 것 같았다.

유키코는 마지 못해 다른 견학생들과 함께 떠나야 했지만 두 남자의 향기로 숨을 쉴 수가 없을 것 같은 느낌으로 도쿄만을 가로 지르는 바지선을 탔다.

이 유키코는 대대로 일본의 게이샤 집안에서 자랐기 때문에 남성들에게 별로 정조 관념이나 의리 같은 것은 없다.

게이샤 집안이 아니라도 일본 여성 대부분이 한국 여성처럼 정조를 생명으로 여기는 여자는 없다. 남자들도 그런 여성의 정조 관념에 매우 관대한 편이다.

그 날 이후 쉽게 잠을 못 이루는 유키코는 밤새도록 두 남자와의 정사를 꿈꾸면서 혼자 즐거운 시간을 상상을 즐기고 있었다.

'둘 중 어느 누구도 놓치기 싫다. 둘 다 내 것으로 만들어 매일 밤 즐겨야지……. 아 아 남성이 그립다. 마쓰시타가 그립다. 도죠가 그립다. 훤칠한 키에 끝없이 달려드는 그 남자의……, 내 타고난 긴짜꾸로 둘 다 퍼지도록 녹여줄테다. 빨리 와라 둘 다 한꺼번에 와도 상대할 수 있어. 빨리 밤새기 전에 이 밤새기 전에…….'

얼마 지나지 않아 유키코의 애타는 상상은 현실로 다가왔다.

도죠와 마쓰시타 두 남자를 번 갈아 일주일에 한 번씩 뜨거운 밤을 가지게 되었다.

아 너무도 즐겁다. 또 아프다. 온몸이 즐거우면서도 아픈 것이 자신도 모르게 울음으로 변한다. 옆 방에서 들리든 말든 온몸이 눈물과 땀과 쾌감으로 얽혀 끊임없이 교성을 지른다. 밤새 그러고 싶다. 울음소리인지 즐거운 교성인지 눈물을 흘리면서 슬픈 듯 즐겁다. 이미 몸과 마음은 남자로 다 채워졌다. 매 10초 마다 다가오는 그 깊숙하고 꽉 조이는 그곳의 느낌. 난생처음 느껴보는 쾌감을 어떤 말로도 표현할 수 없었다.

"아파?"

"으…… 음…… 사랑해"

"아프고도 좋아. 아…… 너무 좋아"

"아응 아야"

"살살해"

또 으스러지게 안긴다.

"아이고 그만 조여"

"나는 모르는데"

"또 빨아 당겨……. 부러지겠어."

"계속할 수 있어?"

"밤새도록"

"대단해. 나도 계속할래. 내일 아침까지……."

번갈아 만나며 뜨거운 밤의 즐거움에 취해 있을 때 문제가 생겼다. 두 남자가 서로의 존재를 아는 것 같았다.

두 소위는 뭐 그래도 상관없다고 생각했지만, 차차 유키코와의 사랑에 빠지게 되니 질투심이 생겨 났다.

하루는 두 소위가 모함 활주로 한 모퉁이에서 격투를 벌였다. 만약 이 격투가 발각되면 둘 다 군에서 불명예 전역해야 한다. 그래서 일단 모함에서 나와 도쿄의 아카사카에 있는 다방에서 만나기로 했다.

그것이 소위 시절의 만남이었다.

다음에 대위 시절에 만나 연적의 관계에서 생명의 은인으로, 또 전우의 관계로 변하게 된 이야기를 전할 것이다.

그 후 두 사람은 똑같이 진급에 진급을 거듭하여 일본 최고 엘리트 장성으로 성공하였고 일본의 군국주의를 부활시킨 장본인이 되었다.

그 도죠 장군이 일본 국방성을 움직이고 있다.

도죠 장군은 자주 열변을 토한다.

"나는 우리 할아버지를 존경하지만, 한 군인으로서 작전사령관으로서는 전혀 인정할 수 없소"

그의 탁월한 전투지식이나 전쟁사관에 아무도 이의를 제기하는 사람이 없었다. 물론 극비 군 수뇌부 전략회의이다.

마쓰시타 공군 장군은

"그래도 너무나 엄청난 계획이고 세계가 우리를 어떻게 볼 것인지가 걱정이오"

"마쓰시타상 지금 세계에 누가 있단 말이요? 미국은 힘이 없어 자국 안에서 나오질 않고 있고, 러시아는 경제력이 없어 시베리아 천연가스와 석유 팔아먹으려고 중국의 눈치나 보고 있지 않소? 알면서 그러네.

"우리 일본이 살 수 있는 유일한 길은 아까 말한 후쿠시마 시설을 지상 최대 규모로 확충하고 미쓰비시중공업과 일본제철을 200퍼센트 가동하여 최소 100척의 항공모함을 건조하는 방법밖에는 없소. 이것이 우리가 살 길이오. 내 계획에 반대하는 사람 있소?"

일본 후쿠시마 시설

　여기서 후쿠시마 시설이란 이런 것이다. 40여 년 전 지진으로 엄청난 쓰나미가 몰아쳐 후쿠시마에 있던 원자력발전시설이 모두 파괴되고 그 이후에는 원전 부근 20킬로미터 안에는 사람이나 동물이 살 수가 없게 되었다.
　도죠 제독의 주장으로 파괴된 후쿠시마 원전시설과 시내의 주거지역을 완전히 둘러싼 세계에서 가장 큰 돔(dome) 구조물을 지었고, 그 속에서 아무도 모르게 핵폭탄을 제조하는 공장을 건설하고 있었다.
　물론 인공위성에서도 나타나지 않도록 최신 스텔스 기술을 사용한 특수 도장으로 마감되었고, 또 보통의 콘크리트 구조물과 달리 최강의 철근과 철강도의 15배가 넘는 최신 탄소섬유와 방사능 차단용 특수재료 등으로 겹겹이 쌓여 건설되었다.
　그 강도는 원자탄을 폭파해도 파괴되지 않을 정도로 견고했다.

그 속에서 무엇을 하는지는 도쿄와 마쓰시타 등 몇 명의 군사지도자 외에는 아무도 모르고 알려고 하지도 않는다.

그 속에 몇천 톤의 폐연료를 활용하는 시설이 있을 것이라 상상하지만 아무도 확증할 사람이 없다.

일본은 심지어 러시아 정부와 은밀히 접촉하여 구소련 때부터 저장해 오던 핵연료를 구매하려고 했다가 중국이 개입하여 포기한 적도 있었다. 그 일로 중국은 러시아와 더 가까워졌다고 생각했지만 러시아는 자체의 경제문제 때문에 일본을 자극하지 않으려고 노력하며 중립을 지키려고 애쓰고 있다.

미쓰비시중공업에서 건조된 항공모함은 50여 척이 가까워가고 있었다.

독에서 최종 검사가 끝나고 일본 항만청의 인증서와 항모의 명칭이 주어지면 간단한 진수식만 마치고 바로 후쿠시마의 그 돔 구조물 속으로 들어가는데 왜 들어가는지 아무도 모른다.

그 돔 구조물 속에서 2, 3일쯤 있다가 나와서 곧장 서해와 남서해 즉, 중국의 연안에 가까운 국제 수역으로 이동해 거기서 정박하고 있다.

항모의 모든 경로는 최신의 초강력 스텔스 기술로 완전히 극비리에 진행 중이고 특히 중국의 레이더망에 절대 잡히지 않게 되어 있다.

자세한 후쿠시마 시설을 설명하기 전에 군국주의 일본의 역사를 살펴볼 필요가 있다. 앞서 말한 중국과 일본은 세 번이나 큰 전쟁을 치렀고 그 희생도 많았다.

첫 번째로 고려와 몽골의 연합군, 즉 고려의 수군과 몽골의 기병대가 쳐들어 왔으나 대한해협에 때마침 기적적인 폭풍우가 들이쳐 여몽 연합군을 싫은 배 수백 척이 모두 한꺼번에 뒤집혀 전멸해 버렸다.

일본은 그것을 두고 자기네 조국을 보호해주는 수호신이라는 뜻으로 '가미카제(神風)'라고 불렀고, 그 이름을 따서 제2차 세계대전 때 폭탄이 장착된 비행기를 몰고 자살 공격을 감행해 미국 항공모함에 엄청난 피해를 주었다.

두 번째는 조선시대 임진왜란을 일으킨 것이다.

명분은 중국의 명나라를 치러 가니 길을 비키고 군비를 대라는 요구였다. 7년간이나 조선에서 엄청난 희생을 치른 전쟁이지만 그것도 중국과의 전쟁이라 말할 수 있다. 임진왜란 막바지에 충무공 이순신 장군이 거북선을 활용하여 왜군을 전멸시키고 대승을 거둔 것은 우리 모두가 잘 알고 있는 역사이다.

그다음에는 구한 말에 있었던 청일전쟁이다.

당시 일본은 막강한 군국주의 나라로써 적극적으로 서구 문물을 받아들여 해군의 전함과 전투기를 자체 설계하고 제작하였다.

일본의 제철산업도 그때 영국과 독일에서 수입하여 시작하였다고 한다.

청나라는 만주족의 한 종족인 여진족의 누르하치가 군사를 일으켜 중국 본토를 점령하고 세운 나라인데 얼마 못 가서 부패하고 무능한 정부와 되었고, 중국국민들은 아편으로 의욕을 잃고 시들어 갈 때였다.

반면 일본에서는 막강한 러시아 함대를 독도 근방에서 기습 공격하여 전멸시키고 만주에서도 러시아 육군과 싸워 승리에 승리를 거듭했다.

그즈음 일본의 명장 '요나이 미쓰마사(米內 光政)' 해군 제독이 쓴 「군인의 생애와 사상」이란 책이 일본 전체 군인들에게 큰 인기를 끌고 있던 때이다.

요나이 제독은 훗날 일본 해군 최고 지도자로 불리는 야마모토 원수의 일본 해군사관학교 선배로서 많은 감화를 주었다고 한다.

이 일본 해군참모총장 야마모토 제독이 바로 이 책에 나오는 마쓰시타 중장의 외증조 할아버지인 것은 이미 언급한 대로이다.

만일 쿠데타로 고려를 무너뜨리고 조선을 세운 이성계나 오늘날의 전두환이 이 책을 읽고 군인의 길이 무엇인가를 알았다면 우리 역사도 달라졌을지도 모른다.

청일 전쟁은 일본의 일방적 승리로 끝나고 이제 일본에 위협을 줄 만한 나라는 이 세상 어디에도 없었다.

그중 미국은 일본 식민지 착취에 늘 방해가 되는 느낌이었다.

육군의 강경파 장군들은 미국과 한판 붙는 것이 당연하고 또 승리할 자신이 있다고 으름장을 놓고 있었지만, 해군 특히 야마모토 원수는 미국을 그렇게 얕볼 수 없는 나라라고 경고했다. 이런 야마모토 원수의 걱정을 육군 장성들은 완전히 무시해 버렸다.

거기서 일본의 비극이 생긴 것이다. 그중 가장 강골이고 계급이 제일 높은 도죠 원수 즉, 이 소설에 나오는 도죠 해군 중장의 증조 할아버지가 전통 일본의 사무라이 정신으로

"요시. 후이굿지 야레"

즉 "선제공격해 버려"라고 하면서 해군을 설득시켜 미국 하와이

의 진주만을 기습 공격한 것은 이미 설명한 바와 같다.

이때 일본 해군의 야마모토 장군은 미국은 굉장한 경제력과 잠재력을 가진 나라인데 함부로 상대해서는 자멸한다고 여러 번 육군을 설득했지만 무식하고 고집 센 육군 장성들의 고집을 꺾기에는 불가항력이었다.

그렇게 일으킨 제2차 세계대전에는 힘없는 중국이 장개석 정부의 외교로 미국 영국 중국 등 3개국 연합군에 합류하게 되고 상해에 있는 대한민국 임시정부도 미미하지만 독립군을 창설하여 연합군을 도와 만주 등지에서 일본군과 전투를 벌여 공훈을 세웠다.

참고로 대한민국의 공군 참모총장을 역임한 김신 장군은 김구 선생의 둘째 아들로 우리 공군 사상 처음으로 F-51 무스탕 전투기를 탄 조종사로서 미군의 인정을 받은 바 있다.

당시 우리 독립군에는 보병밖에 없었으나 아버지이신 김구 선생이 공군의 중요성을 알고 직접 아들인 김신을 중국 공군에 입대시켜 조종사 훈련을 받게 했다. 당시에 중국 조종사들은 미국에서 훈련을 받았다.

일본은 진주만 공격보다 훨씬 전에 만주 전역과 베이징 남경 상해 등 거의 모든 지역을 공격해 자기네 영토로 만들었고, 그 지역을 다 합치면 미국보다 크고 자원도 풍부하다는 도쿄의 전략적 판단이었다.

2차 대전 말기에 일본인들은 아무리 공격을 당해도 전혀 항복할 기색이 없었다.

"최후의 일인까지 싸운다. 항복은 없다."

라고 외치고 있었다.

일본 국민 전체가 자살특공대가 되어 최후의 일인까지 버티겠다는 것이었다.

일본의 전쟁이었지만 죄 없는 조선인들은 식민지 국민이라는 이유로 군에 징집되어 총알받이로 죽어가고 또 강제노역으로 노예처럼 일하다 죽어 나갔다.

또 18세에서 20대 초반의 여자들은 강제로 끌려가 언제 죽을지 모르는 병사들에게 마지막 선물이랍시고 성 노예로 던져졌다.

조선인에게는 도저히 잊을 수 없는 악랄하기 짝이 없는 만행이었다. 일본인들은 조선 뿐만 아니고 중국과 대만, 필리핀에서도 비슷한 죄악을 저질렀다.

중국의 원한은 아직도 그대로 남아 이 소설과 같은 이야기가 실제 전쟁으로 이어질 것 같다.

그래서 미국의 군 지도자들은 일본인 모두와 조선인들을 희생시켜서는 안 된다는 생각으로 원자폭탄을 사용하기로 결정했다.

그렇게 결정은 했지만, 아직 인류 역사상 한 번도 시도한 적이 없는 원자탄을 사용하기에는 여러 가지 의문도 있었다.

또 일본 본토까지 싣고 갈 폭격기를 설계 제작하는 과정도 쉬운 일은 아니었다. 그렇게 해서 터뜨린 것이 우리가 잘 아는 히로시마와 나가사키를 폭파한 원자폭탄이다.

히로시마에 투하된 '리틀보이(Little Boy)'는 전쟁에서 사용된 최초의 핵무기로 TNT 폭약 약 2만 톤에 해당하는 엄청난 폭발력이었다.

그 며칠 후에 나가사키에 떨어뜨린 원폭 '팻맨(Fat Man)'은 TNT 폭약 약 15만 톤의 화력이었고, 플루토늄을 원료로 제조된 것이다.

이 플루토늄은 원자로 등에서 사용한 폐연료를 사용 재생하기 때문에 세계 각국에서는 폐연료를 매우 신중하게 다루고 있다.

후쿠시마에 도죠 중장이 주장한 원폭 제조 공장을 설립한 이유도 바로 이 폐연료가 많이 쌓여 있던 기존 후쿠시마원전이 있었기 때문이다.

실로 엄청난 시설로 아무도 감히 그 같은 시설을 만드는 것을 구상조차 할 수가 없었다. 그래서 군부 장성들은 한결같이 도죠의 설득이 그렇게 완고하고 논리적이었는 인정하지 않을 수 없었다.

어쨌든 도죠 중장은 할아버지 도죠 원수보다는 더 지성적이고 과학적이면서도 함재기 조종사로서 탁월한 능력도 있었다.

이제 이 후쿠시마 돔으로 돌아간다.

항모 선박 제조는 제2차 세계대전 때부터 활용한 미쓰비시중공업이 전담하고, 항모의 함재기 중에도 새로 설계 제작된 최신형 스텔스 전투기 JF-38기는 일본의 다치키와 항공기 제작소 제작하고 있다.

이 JF-38기는 원래 미국에서 설계 제작한 F-35기를 토대로 일본식으로 개발한 것으로 2차 대전 때 일본의 자랑이었던 제로(零) 전투기와 같은 설계조건을 갖추었다.

즉 무게를 최소한으로 줄이기 위해 모든 장비를 직접 전투나 폭격에 필요한 아이템 외에는 전부 없애버리고 최대한의 출력과 효율이 나도록 설계되어 있다. 또 이 착함 시에 조종을 쉽게 하여 사고를 미연에 방지한다.

이함 시에 조종사의 선택으로 견인장치(Catapult)를 쓸 수도 있고 쓰지 않아도 충분히 안전하게 이함이 가능하도록 설계되어 있다.

착함 시에는 2차대전 때 사용하던 것과 똑같이 자동으로 비행기 뒤끝에 장착된 테일 훅{Tail Hook} 장치가 작동하여 조종사를 매우 편하게 해 주는 설계요건이다.

이 모두 도죠 장군의 탁월한 전투기 특히, 함재기 조종 경험에서 비롯된 것으로 직접 엔지니어들에게 상세하게 지시한 것이다.

벌써 일본 서쪽 모처에 있는 미쓰비시중공업 독에서 건조 완료되어 후쿠시마 돔 구조물 속에 들어갔다 나온 모함이 20여 척에 가까워졌다.

한국의 삼성과 국방과학연구소에서 새로 개발한 스텔스 기술을 어떻게 훔쳤는지 이들 항공모함 전체를 스텔스화시켜 다른 나라는 전혀 눈치채지 못하고 있었다.

중국은 중국 근방을 둘러싼 10여 척의 일본 모함이 있을 거라고 짐작은 하고 있지만, 구체적으로 어느 위치에 있으며 어떤 무장을 갖추고 있는지 몇 대의 전투기가 탑재되어 있는지는 전혀 알지 못했다. 그저 막연히 자체의 항공모함 30여 척을 연안에 배치하고 있었다. 하지만 일본은 그 위치와 적재 장비를 모두 파악하고 있었다.

"우리 이러다 모두 죽는 것 아니야?"
"그러면 도망칠 수 있나?"
그 돔 구조물 속에서 일하는 기술자들의 말이다.

"조국이고 뭐고 내가 살아야 하지 않나?"

"그야 그렇지만 도죠가 저렇게 날뛰니 어쩌겠나? 또 절대로 안전하다고 올 때마다 그러잖나."

"그 자식 자기 할애비 때문에 히로시마, 나가사키에서 죄 없는 사람 수십만 명이 죽은 거 몰라?"

"미친놈이야"

그렇지만 일본은 이미 군국주의로 접어들어 도죠의 힘을 꺾을 사람은 아무도 없다. 또 자기 할아버지가 저지른 것처럼 전면 전쟁으로 치달는 길밖에 없을 것 같다. 그러나 도죠는 도죠대로 애국심이 있었고 조국 일본을 지켜야 한다는 사무라이 정신도 있었다.

※
※
※

도죠 해군 중장과 마쓰시타 공군 중장

도죠 장군이 한창때인 해군 소령 시절 마쓰시타 장군 역시 같은 계급인 공군 소령이었던 시절이었다.

우연히 구식 항공모함에서 같이 근무하게 되었는데 도죠 소령은 전통 도쿄 억양을 쓰는 자신과 달리 오사카 억양을 쓰는 마쓰시타 소령이 몹시 거슬렸다. 또 한 배 안에서 해군과 공군의 사이도 별로 좋지 않았다. 한국으로 치자면 영남과 호남의 사이라고나 할 수 있겠다.

그 어색함이 하루아침에 생명의 은인으로 변하게 된 이야기가 있다.

어느 날 도죠 소령이 JF-28기를 조종하여 이함한 지 약 30분쯤 지났을 때 긴급 구조 통신이 왔다.

"엔진이 꺼졌다.(Flame Out) 지시해 달라"

SOS 통신이다.

항공모함에서는 이러한 긴급 상황에 대비하여 모든 착함 시설과 소방 시설 등을 비상체제로 급히 준비해 놓고 경험 있는 함재기 조종사를 즉시 임명하여 손동작으로 접근 비행기에 지시하며 그 접근 조종사와 통신하고 비상 착함을 시도한다. 통상적으로 이러한 상황은 함재기와 그 조종사가 살아남을 수 있는 확률이 15%도 채 안 되는 매우 위험한 상황이다.

이럴 때는 사고기 조종사가 아무리 능숙하다 해도 당황하여 판단력을 잃기 쉬우므로 항공모함 안에서 가장 경험이 많고 실력 있는 조종사가 직접 사고기 조종사와 통신하며 비행 지시를 한다.

함장은 즉시 마쓰시타 소령을 불러 비행지시관으로서 사고기 조종사에게 비행 지시를 하라는 명령을 내렸다.

엔진 출력이 없으니 글라이딩을 해야 하고 비행지시관은 전투기의 무게와 속도 및 글라이딩 각도에 따라 하강 정도를 그때 그때 정해주어야 한다. 글라이딩의 끝 지점이 항공모함의 활주로 시작 지점에 맞도록 비행지시를 해 줘야 한다.

기하학의 입체 삼각형과 물리학의 운동법칙을 결합한 경로라고 보면 된다. 일 초의 차이로 조종사와 비행기의 운명이 좌우되는 긴박한 찰나이다.

이때 마쓰시타 소령의 탁월한 비행지시로 도죠 소령이 무사히 착함했다.

"JF-28 및 항공모함 내 말이 들리나?"
"JF-28 명확 분명"
"항공모함 명확 분명"

"항공모함 바람 방향으로 15노트 속도로 항해 가능한가?"

"항공모함 18노트까지 가능"

"항공모함 바람 방향 18노트. 별도 지시 있을 때까지 유지"

"항공모함 바람 방향 18노트 유지"

"JF-28 접근 속도 80노트 가능하나?"

"JF-28 80노트는 너무 느리다. 95노트로 올려달라"

"JF-28 접근 속도 95노트, 항공모함 18노트 유지"

"JF-28 비행 지시 철저히 따르고, 항공모함 속도 방향 현상태 유지"

"JF-28 착함 표시판이 너무 낮게 보인다"

그렇다면 매우 위험하다. 그러나 비행 지시관은 그렇게 낮게 보이지 않는 것 같다.

"잘 보고 있으니 걱정 말고 그대로 착함하라"

몇 초가 지났는지 모두 긴장하고 있는 동안 통신이 왔다.

"걸렸어"

이는 함재기 꽁무니에 설치해 놓은 갈고리 모양의 테일 훅이 미리 설치해 놓은 밧줄에 걸렸다는 말이다. 그것은 바로 안전하게 착함이 되었다는 말이다.

이로써 그 긴박하던 비상 상황은 마무리되었고, 항공모함의 3,000명 수병과 조종사 정비사 등 모두가 안도의 숨을 내쉴 수 있었다.

도죠 소령은 자신이 오사카 억양이라고 빈정대던 마쓰시타 소령이 긴박한 상황에서 철저하게 한 치의 오차도 없이 비행 지시를 하여 자기 생명을 구해준 생명의 은인이라 생각하게 되었다. 또 같은

모함 이함 후의 전투기 편대비행

함재기(최신전투기)가 이함할 때가 가장 긴장되고 위험한 순간이다. 자칫 실수라도 하면 대부분 희생자가 된다. 이함에 성공하면 관제사의 지시에 따라 모함 주위를 선회하고 마지막 전투기와 합쳐 4~5대의 편대를 이뤄 편대장의 지시에 따라 적 공격에 나선다. 편대장은 모함 작전사령관의 지시를 받고 편대원 조종사들에게 상세한 비행 및 작전지시를 한다. 일본 전투기 편대가 베이징을 기습 공격할 때와 비슷하다.

도쿄 해군 중장과 마쓰시타 공군 중장

함재기 조종사로서 해군 공군 가리지 않고 좋은 친구가 되는 계기가 되었다.

조종사는 조종사만이 이해해 주고 친하게 된다. 세계 어느 나라 조종사도 마찬가지이다. 제2차 세계대전 때 포로가 된 적군 조종사와 본국 조종사가 곧바로 친해지는 것을 보고 누군가가 조종사들은 제 3의 종족이라고 불렀다고 한다.

우리 공군에서도 이와 비슷한 사고가 있었다. 약 60여 년 전 한국 공군사관학교 10기생인 남무웅(실명) 중위가 당시로써는 최신예 F-86기 조종사로서 훈련 비행을 나갔다가 플레임 아웃을 당했다.

당황한 남 중위는 여러모로 재시동을 해 봤으나 아무것도 되지 않았다. 곧 모 기지에서 보내는 비행 지시에 따라 조종사는 베일 아웃(비상탈출)을 시도하여 무사히 탈출했으나, F-86기는 활주로 근방의 논에 착륙하도록 자동으로 잡아 놓은 비행 방향이 바람의 영향으로 기지 한가운데에 착륙하는 바람에 많은 충돌 사고가 생긴 적이 있었다.

도쬬 소령이 탄 JF-28기는 미국 F-25 전투기를 일본식으로 개조한 것으로 조종사의 안전을 위한 베일 아웃(비상탈출) 장치를 빼 버리는 대신 비행기 무게를 가볍게 하여 이륙(이함)을 쉽게 하고 상승 속도를 더 빠르게 한 것이었다.

남 중위의 비행기는 조종사 없이 그대로 글라이딩(활강) 하다 바람에 빗나가서 생긴 일이고, 도쬬 소령의 비행기는 조종사가 비상탈출할 방법이 없으니 그대로 조종하여 어려운 착함에 성공한 차이였다.

여기서 잠깐 여담으로 남 중위의 주먹 실력을 몇 자 적어 보고자 한다. 사관학교 시절 남 중위는 미남형의 얼굴에 성적도 평균을 넘어 어릴 때부터 동경해 오던 전투 조종사를 지망했다. 그런데 하마터면 조종사 지망에서 탈락할 뻔한 일이 일어났다. 다름이 아니라 얌전한 생김새와는 달리 타고난 싸움꾼으로 그 실력이 보통이 아니었다고 한다.

한번은 사관 학교에서 휴가를 받아 집으로 왔을 때다.

휴가 이튿날, 당시에 주먹패들이 우글거리는 국제시장에 사복 차림으로 애송이처럼 나갔으나 싸움 상대자를 찾지 못했다.

점심때쯤이었다. 시장 한켠에 앉아 있던 남 생도에게 한 덩치 큰 녀석이 다가오더니 담배를 사 오라고 심부름을 시키는 것이었다. 아마 그 덩치는 애송이를 자기 부하로 여기는 것 같았다.

"나 언제 봤다고 함부로 말도 놓고 심부름까지 시켜?",

"임마 여가 어덴 줄 모리나? 국제시장이다 임마. 시키면 시키는 대로 하지 뭔 말이 많노 임마",

말끝마다 임마였다.

"그러면 나도 임마라고 부를게. 임마 너 뭐야?"

"이 시장에서 나 모르면 장사 못 하는 줄 알아 이 새끼야"

곧 한 방 먹일 자세로 다가섰다.

덩치는 채 말이 떨어지기도 전에 뒤로 약간 물러서는 것 같았는데 어느새 남 생도의 오른쪽 주먹이 그 덩치의 턱에 제대로 박혔고 다음으로 왼발과 오른쪽 정강이가 들어가자 순식간에 덩치는 하늘을 보고 누워 있었다.

워낙 빨라 어느새 주먹과 발이 들어갔는지 제대로 본 사람은 없고 보이는 것이라곤 덩치가 대자로 뻗은 모습뿐이었다.

그 덩치는 다름 아닌 왕년의 헤비급 권투 선수 출신으로 새로 들어 온 그 곳 두목이었다. 그 전에 활약하던 두목을 밀어 내고 새 두목이 된지 석달이 채 안된 시기였다. 소문은 금세 퍼져 나갔다.

"그 애송이가 누꼬?"

"어데서 놀던 아라더나?"

"솜씨가 보통이 아니더라?"

"마 그 큰 두목이 한방에 나가떨어지뿌데"

"내 싸우는 거 직접 봤다 아이가."

소문이 일파만파 퍼졌지만 그 애송이가 누군지 아는 사람은 없었다. 사관학교에만 있었으니 모르는 것은 당연한 일이다.

사관학교는 예나 지금이나 매우 엄격한 규율로 학생들을 통제하므로 만일 싸웠다는 보고가 들어 왔다면, 그것도 사복 차림으로 국제시장 한복판에서 싸움을 벌였다면 이는 틀림없이 조종 교육생 명단에서 탈락하게 되거나 심하면 퇴교 조치가 내려질 일이다.

그 사실을 잘 아는 동료 생도들, 특히 공군 헌병대 출신 주먹들이 싸움을 벌였던 두목을 찾아가 용서를 빌고 특히 학교로 소문나지 않도록 선처해 달라고 애걸 했다는 후문이 있다.

바로 그 남무웅 생도가 사관학교를 마치고 꿈에 그리던 전투 조종사가 되어 당당히 훈련 비행을 하다 난 사고였다.

비행기 엔진이 하나밖에 없으면 이런 사고에 헤어날 길이 없지만 엔진을 두 개 장착하면 하나가 꺼지더라도 다른 하나로 무사히 착륙 또는 착함할 수 있어 요즘의 함재기는 대부분 쌍발 엔진을 설계조건으로 하고 있다.

또 항공모함을 설계할 때는 일본 항공모함 한 척이 완전 무장을 한 최신형 전투기 60대와 6,000명의 병사가 있다는 전제하에 충분한 안전계수를 두고 해야 한다. 그러다 보니 작다는 일본형 모함도 대부분의 철판 두께가 6인치가 넘는다. 엄청난 두께이고 이를 용접할 기술도 높은 수준이다.

일본 조선기술은 한국과 달리 최신 컴퓨터와 로봇을 쓰지 않고 2차 대전 때 쓰던 옛날 방식 그대로 수작업을 하는 것이 특징이다. 그것은 시간과 인력이 많이 들지만 안전한 방법이고 믿을 수 있다는 결론이다. 이 역시 도쿄와 마쓰시타 두 장군이 결정한 것이다. 군사적인 견지에서는 맞는 얘기다.

*
*
*

중국 베이징

    한편 중국 공군의 마오 장군은 모든 정보망을 있는 대로 모아 보았지만, 도무지 믿을만한 자료가 없어 옛 손자병법만 되풀이해서 읽고 있었다.
    "지피지기(知彼知己)면 백전백승인데, 정보가 없으니 말 그대로 속수무책이군……"
    한숨만 내쉬고 중국 군사들에게 긴장을 늦추지 말라는 당부밖에 할 말이 없었다.
    중국의 군 조직은 좀 특이하다.
    육해공군이 국방부에 속해 있는 것은 어느 나라나 마찬가지이지만 중국의 국방부는 기본적으로 공산당에 속해 있고 공산당의 지시와 감독을 받아야 한다. 따라서 군 인사권도 철저히 공산당에 속해 있다.
    실제로 중국 공산당을 대표하는 사람이 주석이므로 주석의 관리하에 있게 된다.

　지금은 육해공군이 거대한 조직으로 짜여 있지만 2차 대전과 한국전 때만 해도 공군과 해군은 거의 없었고 중국 공산군이라 부르는 육군밖에 없었다.

　지금은 삼군이 모두 최신예 무기를 갖추어 세계 최강의 군사력을 자랑하고 있다. 게다가 세계 제일의 경제 대국이 된 지 30년이 넘어 그야말로 중국이 마음만 먹으면 세계 어느 나라든 박살시킬 수가 있다. 또 거대한 군사력을 뒷받침하는 과학 기술이 발달하여 벌써 6명의 우주비행사를 달에 보내서 아무런 사고 없이 임무를 수행하고 귀환한 성과가 있고 달에 대한 거의 모든 정보를 소유하고 있다.

　그 막강한 중국의 힘에 가장 위협을 느끼는 나라가 바로 일본이다.

　일본과 중국은 몇 세기 전부터 늘 적대 관계에 있었고 세 번이나 전면전을 치른 앙숙 중의 앙숙이다. 세 번 모두 일본이 이겼고 그때 빼앗은 영토가 아직도 문제되고 있다.

　지금의 중국을 과거의 중국으로 생각한다면 큰 오산이다.

　중국군의 본부는 수도 베이징의 천안문 광장 바로 옆 60층 건물에 있다. 이 건물 맨 위층에는 당과 주석실의 국방 비서들이 차지하고 있고, 그 밑에 층에는 삼군 사령부와 각종 통신시설이 있다.

　이 건물은 보안 체계가 삼중 사중으로 되어있어 심지어 군 사령관도 착오로 헌병들에게 체포된 일화가 있다.

　이 곳의 중심 인물이 바로 마오 공군 중장이다.

　마오 중장은 일찍이 해군과 공군의 중요성을 깨닫고 해공군 합동 사령부를 별도로 조직하여 자신이 직접 사령관이 되었다.

또 공군에 적을 두고 있으면서도 늘 해군의 항공모함에 자원하여 배속되어 항상 함재기 조종사로서 훈련과 실습을 해 오고 있었다.

지금은 중국 최신 최대 모함의 함장이 되었지만 일본 해군의 동태를 파악하지 못하고 늘 고심하고 있다는 사실은 앞서 언급한 바 있다.

마오 장군이 고심하고 있는 동안 일본의 도죠 장군은 아무도 상상하지 못할 거대한 작전을 계획 중이었다.

어느 때든지 자신이 결심만 하면 세계사를 바꾸고도 남을 비참한 핵전쟁을 벌일 수 있도록 빈틈없이 준비하고 있었다.

일본 모함 중 가장 최신형이고 성능이 좋은 도죠 함은 벌써 후쿠시마 돔 구조물에 들어갔다 나와서 중국의 베이징과 상하이의 삼각형의 거리 지점인 북위 28도 26분 32초, 경위 28도 27분 30초 지점에 정확히 정박하고 있었지만, 중국은 전혀 눈치채지 못하고 있다.

그래도 중국의 항공모함 및 함재기 설계 제작 기술은 세계 첨단의 위치에 있고, 달에 6명의 우주인을 보내면서 습득한 많은 고급 기술 정보를 잘 활용하고 있다.

문제는 부분적인 기술은 매우 앞서 있으나 그 기술들을 통합시켜 하나의 통합 조직체로 활용하는 것에는 아직도 경험이 부족하여 제 성능을 발휘하지 못하는 데 있다.

항공모함처럼 모든 최첨단 과학 기술을 융합적으로 활용하는 기기는 없다. 기본적인 선박으로서의 철강 제조 기술에서부터 용접

기술, 항해 기술, 스텔스 기술, 함재기 이 착함 기술, 원자로 활용 기술 등등 모두 열거할 수가 없다.

중국 항공모함은 그 역사나 경험이 짧다. 1920년대에서야 시작하여 2차 대전 때 자신 있게 미국을 공격한 일본과는 비할 바가 아니다. 또 한국의 철강 및 조선 기술과 모함 내부의 컴퓨터 활용 기술은 일본도 따라올 수 없는 세계 최고의 테크놀로지이다.

그러나 중국은 워낙 대국이고 막강한 경제력을 앞세워 군비 증강에 힘쓰고 있고 특히 마오 장군을 중심으로 항공 모함과 함재기 개발에 몰두하고 있었다.

중국형 항공모함의 구조는 한국형을 본 뜬 것으로 모두 9층으로 설계되었고, 맨 위층 갑판을 함재기 착함용 활주로로 사용되는 것도 같다.

갑판 활주로를 착함하는 함재기를 위해 항상 비워 놓는 것도 한국형 항모를 따라 한 것이다. 8층과 7층은 9층에서 착함한 전투기들을 계류시키고 또 정비를 하는 것도 마찬가지지만, 다른 것은 보급창고와 부속품 보급 및 정비창이 한 데 있다는 것이다.

정비용 보급 부속은 일일이 사람이 그 많은 부품진열대를 뒤지어 찾아내게 되어 있는데 이것은 시간 소모가 굉장히 심해 어떤 때는 특정 부속품을 찾는 데 반나절이나 보냈고 또 그 부속품이 모함 창고에 있는지 없는지도 모르고 찾아 헤멜 때도 있다.

한국은 모두 컴퓨터로 일본은 기존 시스템대로 상당히 효과적으로 운영하는 데 비해 중국은 치명적으로 비효율적이다. 그래도 워낙 많은 인력이 투입되어 그런대로 움직이고 있는 것 같다.

겉으로 보기는 비슷한 항공모함 같으나 내부 운영 및 작전 면에서 이렇게 다르다.

가장 치명적인 문제는 정비 부품 문제가 아니고 밑에 층에 있는 병사들의 환기 문제이다. 경험 부족으로 처음 설계할 때 환기시설을 미리 예측 못한 것 같다.

항모 내부에서 발생하는 각종 유해 가스는 무거워서 모두 밑으로 스며들어 가게 되는데, 병사들의 사무실과 숙소가 모두 밑에 층에 자리하고 있어 제대로 숨을 쉴 수가 없어 매시간마다 갑판에 올라와야 했다.

담배도 갑판에서만 피워야 한다. 중국 군의 많은 병사들이 흡연자였는데 그러다 보니 병사 중에 폐가 나쁜 환자들이 많았다.

또 갑판은 바닷바람을 맞을 수 있으니 좋긴 하지만 시간에 따라서 너무 춥거나 너무 더울 때도 있다. 한국형과 너무도 다르다.

선체를 보면 10여 년 전에 있었던 대련조선소의 선박사고 때문인지 중국은 철판의 강도에 도무지 자신이 없어 7인치 두께나 되는 철판에다 추가로 보강 앵글이나 티(T)자 빔 등의 구조강을 덧붙여 용접해 놓았다.

기존 철판 위에 구조 강을 추가로 용접하는 것은 엄청난 인력작업이고 모두 수작업으로만 가능하다. 그렇기에 효율성이 떨어지고 강도 또한 도무지 믿을 수가 없다. 그런 배 위에 비싼 전투기를 싣고 다니는 것은 위험천만하지만 그것이 중국식이고 워낙 많은 군단이 있으니 매우 위협적이다.

어쨌든 이 중국형 모함에는 한국형에 없는 것이 있다.

바로 모함 양쪽 끝 부분에 설치된 원통형의 핵폭탄을 장착한 로켓이다.

이 원통형 구조물은 모함 맨 아래층에서부터 갑판까지 연결되어 있고 갑판에서 또 위로 약 10미터까지 올라가 있다. 겉으로 보기에는 굴뚝과 같이 생겼다.

이 굴뚝으로 원자탄이 발사되어 목표 지점까지 비교적 정확하게 도달시킬 수 있는 첨단 기술 시설이라고 한다. 그동안 중국이 개발한 우주 로켓의 기술을 그대로 활용한 장거리 유도탄 이론을 사용한 것이다.

만일 사태에 필요하면 함장이 스위치만 누르면 즉시 원자탄을 장착한 로켓이 날아가 목표를 초토화 시킬 수 있다.

이 원자탄 로켓 시설을 적극 주장한 사람은 중국의 국부 마오쩌둥 주석의 증손자인 마오 공군 중장이었다.

중국군에서는 널리 알려진 마오 장군의 가족사에 대한 자세한 이야기는 잠시 뒤로 미루고 우선 소위 때 베이징 근처의 한 공군 기지에 근무할 때의 이야기로 돌아가 보자.

한번은 마오 소위가 만리장성에서 얼마 멀지 않는 거리에 있는 여자고등학교에 특별 강의를 요청받아 가게 되었다.

그때까지만 해도 중국에서는 군이라면 소총이나 들고 다니는 인민해방군으로만 생각하던 시절이어서 조종사들이 직접 나가 국민 항공사상을 고취시키고 항공 기술을 장려하는 특별 프로그램이 한창이었다.

키가 훤칠하고 얼굴이 갸름한 미인형의 2학년 여고생이 다가와 질문이 있다고 했다. 마오 소위의 강의가 끝난 후였다.

"제 이름은 왕홍후아입니다. 비행기 타면 떨어진다는데 어떻게 타요?"

"아까 강의에서 말한 대로 철저한 정비와 직접 조종사가 점검하면 그런 문제는 없을 겁니다. 더 자세한 질문은 이따 사무실로 와서 해주면 좋겠어요"

"네 사무실에 가겠습니다"

조금 후에 그 아리따운 고 2학생이 찾아왔다.

"아까 질문한 홍후아입니다"

"아 어린 학생이 항공에 상당히 관심이 많군. 고마워요. 그만해도 내 강연이 효과가 있었다는 얘기군요"

"저 그런데 베이징에서 오셨나요?"

"베이징에서 성장은 했어도 지금 근무하는 공군 기지는 베이징에서 약 30리 떨어져 있지"

"30리는 아무 것도 아니네요"

"저 베이징에는 한 번도 안 가봤는데 한번 견학 갈 수 있나요?"

홍후아가 다니는 학교와 살고 있는 집은 베이징 시내와 만리장성이 있는 지역의 중간쯤 되는 한가한 시골이고 마을 사람 모두가 농업으로 연명하고 있었다.

당시에만 해도 공산주의가 철저해 베이징 같은 대도시에 들어가려면 공산당 간부들의 특별 초청장이 있어야 하던 시절이었다.

홍후아 같은 시골 학생은 베이징 같은 대도시에 한번 가보는 것이 꿈이었다.

"초청장이 있어야 하는데 꼭 학생이 원한다면 부모님 허락을 받아서 내게 연락해. 초청은 가능하니까. 하지만 꼭 부모님 허락을 받아야 해"

"네 알겠습니다. 연락처 적어 주세요"

"이 명함에 적혀 있는 곳으로 편지 보내면 돼"

그때만 해도 소위가 명함을 찍어 다니면 공산당 간부에게 혼이 나던 시절이었지만 마오 소위는 국부의 직계 손이라는 가족력 때문에 특전을 받은 것이다.

군 내부에서도 국부의 손자가 군 장교로 근무한다는 것은 군의 자랑거리였다.

"정말이에요? 믿어도 돼요?"

"시키는 대로 해"

그 후 일주일쯤 지나서 홍후아는 꿈에 그리던 베이징에 와서 명소들을 관광했다. 돈이 있을 리 없다. 홍후아가 가진 것이라곤 타고난 미모밖에 없다. 머리도 썩 좋은 편은 아니었다.

꿈에 그리던 베이징은 너무도 넓고 휘황찬란했다. 하루 만에 베이징을 다 돌아보기에는 불가능했다.

'어떤 수를 쓰더라도 난 베이징에 살겠어. 그러기 위해 무슨 일이든 할 수 있어.'

홍후아는 마오 소위가 맛있는 저녁을 사주었지만, 연신 창밖으로 보이는 베이징 거리의 네온사인을 보느라 무슨 맛인지도 모르고 먹었다.

마오 소위는 홍후아를 재울 일이 걱정되어 다른 생각은 아무것도 하지 못했다.

"홍후아, 밤이 깊었는데 잘 데는 있어"?

"아니요. 하지만 상관없어요. 아무 데서나 자면 되죠"

"저는 이대로 밤새 돌아다니고 싶어요. 베이징이 너무 좋아요.

여기서 안 떠날래요"

"우선은 집에서 걱정하니 돌아 갔다가 나중에 다시 오지"

"아니에요. 아무 데서나 자고 아무 일이나 할 수 있어요. 마오 소위님 도와주세요. 시키는 일은 뭐든지 할 수 있어요"

너무나 애처로운 마음이다. 안 도와 줄 수가 없다. 또 마오 소위는 충분히 도와 줄 힘이 있었다.

"정 그렇다면 오늘 당장 부모님께 편지해서 허락을 받아."

"정말이에요? 지금 바로 시키는 대로 할게요."

"그러면 여기서 멀지 않는 군인 휴게소로 가자. 그렇지만 절대로 따로 자는 거야 알았어?"

"네 뭐든 시키는 대로 할게요"

둘은 베이징의 화려한 네온사인으로 장식된 군인 휴게소로 발걸음을 옮겼다.

훤칠한 키의 홍후아는 누가 보아도 여고생이라고 보이지 않았다. 마치 한 쌍의 젊은 연인이 다정히 걸어가는 것 같았다.

마오 소위는 순간 홍후아가 애인처럼 느껴 졌지만 손도 잡지 않고 걸었다.

말이 군인 휴게소지 공산당에서 직접 운영하는 화려한 호텔이다. 홍후아 같은 시골뜨기 서민 출신은 한 번도 본 적이 없는 화려한 곳이다.

중국 규정상 한 방만 쓰기로 되어 있고 또 주머니 사정도 있고 헤서 한방을 얻었지만 구태여 침대 두 개가 따로 있는 방을 얻었다.

"홍후아, 피곤할테니 씻고 자"

홍후아는 생전 처음 보는 화려한 목욕탕에 들어가서 어찌할 줄 모르고 있었다.

놀란 홍후아가 마오 소위를 불렀다.

"이거 어떻게 하는 거예요?"

"그것도 몰라? 내가 너 목욕하는 것까지 가르쳐 줘야 해? 그냥 되는대로 해"

"네 ……. 옷 벗어도 돼요?"

"그럼 목욕하는데 옷 안 벗고 할 수 있니?"

"베이징은 다른 것 같아서요"

마오 소위는 웃음이 나왔지만 홍후아가 민망할까 봐 참았다. 잠시 후 홍후아가 다시 마오 소위를 불렀다.

"이건 어떻게 하는 거예요?"

홍후아는 아무것도 걸치지 않고 있었다.

마오소위는 그 모습에 순간 당황했지만 애써 고개를 돌리며

"자꾸 부르면 나 화낼 거야. 무슨 말인지 알지?"

"몰라요. 뭐든 시키는 대로 할게요"

그렇게 베이징의 밤은 깊어 갔지만 두 사람은 도무지 잠이 오지 않았다.

자리에 누운 마오 소위는 머릿속이 복잡했다.

목욕탕에서 본 홍후아의 벗은 몸 때문이었다.

'가슴이 이제 바로 익은 두 개의 연분홍 복숭아 같다. 꼭지도 약간 튀어나올락 말락하다. 너무도 아름답다. 만져 보면 아직도 덜 익은 풋과일처럼 탱탱하겠지.'

마오는 솟구치는 남성을 어찌해야 할지 몰랐다.

'홍후아는 너무도 아름답지만 애처롭고 불쌍하다. 내가 맡아야

해. 내가 아니면 이 땅에서 못 살 여자다. 하지만 너는 아직 너무 어리다. 여자가 되려면 한 2년은 더 기다려야 한다. 기다려 주마. 너는 청초하면서도 너무도 예쁘고 또 섹시하다. 절대로 놓치지 않고 내 여자로 만들 거다.'

마오는 혼자 온갖 상상을 하고 있었다.

홍후아도 쉽게 잠이 들지 못했다.

"너 남자친구 있어?"

"우리 집에서는 남녀칠세부동석이라고 남자애들과 말도 못 하게 해요."

"나한테는 쉽게 말 붙였잖아?"

"소위님은 달라요"

"뭐가 달라?"

"아이 몰라요"

살짝 일어난 홍후아가 마오의 침대로 건너왔다.

"여기서 자도 돼요? 혼자서 큰 침대에 자려니 잠이 안 와요"

"아무 일도 안 저지른다고 약속하면"

"시키는 대로 할게요."

그러면서 살짝 그 예쁜 엉덩이를 밀어 마오의 침대 위로 올라 누웠다.

홍후아는 이제 여고 2학년생이지만 키는 웬만한 어른보다 크고 목이나 앞가슴은 터질 듯한 매력적인 성숙한 처녀다.

마오 역시 훈련으로 다져진 건강한 몸에 뜨거운 가슴을 가진 남자 중에 남자였다.

서로가 다른 쪽을 보며 누워 있었지만, 마음은 이미 같이 보며 서로 껴안고 있다.

　얼마나 지났을까 참을 수 없었던 젊은 남녀는 동시에 서로 마주 보게 되었고, 누가 먼저랄 것 없이 숨 막힐 듯 껴안고 깊숙이 애무했다.

　자연스레 맞춰진 입술은 이제 두 사람이 완전히 결합한 듯이 양쪽 끝으로 뻗어 나가며 빨고 또 빨았다.

　홍후아의 숨결이 가빠졌다.

　마오의 남성은 이미 솟구칠 대로 솟구쳐 있었다.

　'아~ 아~ 황홀하다. 아무것도 생각하기 싫다. 지금 이 순간이 가장 행복하고 세상 모든 것이 생각하기도 싫다. 행복하다. 참을 수 없는 남성이 솟구친다.'

　"아… 아… 악 아파"

　홍후아가 소리 지르며 뒤로 움칫하더니

　"다른 것은 몰라도 이것은 너무 아파요"

　"안 아프게 할게"

　"아니요. 겁나요"

　"괜찮다니까. 이리 와 "

　"그냥 안아만 주면 안 돼요?"

　아 너무도 아름답고 가냘프다. 매끌매끌한 가냘픈 것이 몸에 휘감기 듯이 안겨진다. 아픈 곳을 뒤로하면서도 피할 생각은 전혀 없는 것 같았다.

　"그래 좋다. 너를 그렇게 아프게는 하지 않으마. 내가 참으마."

　그러나 한번 솟구친 남성을 참는다는 것은 불가능하다.

　돌아 앉아 스스로 해결했다. 하지만 한번 뻗은 남성은 쉽게 가라 앉지 않았다.

그날 밤은 그렇게 돌아 눕고 바로 눕고 껴안고를 수없이 하다가 새벽이 왔고 그렇게 첫날밤은 아무런 흔적도 없이 끝이 났다.

아침에 눈을 떴을 때 두 사람는 관계가 완전히 달라져 있었다.

자신들도 모르게 훨씬 다정한 말투로 변했고 쓰던 경어도 없어졌다.

홍후아는 정말 무시무시한 그곳의 아픔이 자꾸 생각났지만 마오를 사랑하게 되었다는 것을 알았다.

'마오가 좋다. 그를 위해서라면 무엇이든 할 수 있다.'

마오만 생각하면 모든 것이 황홀했다. 세상이 너무 아름답고 행복하게 느껴졌다.

'아 아 내 사랑 마오. 사랑해. 끝없이 사랑할거야."

17살까지 살면서 한 번도 느껴 보지 못한 감정이었다.

그렇게 시작한 두 사람은 홍후아가 일본이 공격한 원폭에 희생되는 날까지 정다운 인생을 같이 하게 되었다.

중국형 항공모함 이야기로 돌아가 보자.

항공모함의 가장 중요한 부분 중 하나는 원자력을 이용하여 항해하는 선박 엔진 기술인데 원자로를 안전하게 운행하는 장치는 그 기본 이론만으로는 불가능하고 오랫 동안의 운전 경험이 필요하다.

또 그 폐연료를 선박 안에서 재처리하여 폭탄을 만드는 기술도 실현 가능한데 수많은 시행착오를 통해 쌓은 경험이 있어야 한다.

중국은 아직 자체의 경험이 매우 부족하여 그 분야에서 세계 최첨단을 이끌고 있는 대한민국에 손을 벌리지만 어림도 없는 이야기이다.

　대한민국에서는 이미 2000년대 초기부터 세계 각국에 원자력 발전소를 설계 건설해 준 실적과 경험이 있다.

　일본 역시 후쿠시마 사고에서 배운 경험도 있고, 1914년대부터 항공모함 전반에 걸쳐 운용한 화려한 경험이 있다는 것은 이미 밝힌 대로다.

　수많은 크고 작은 사고를 당하면서도 중국 당국이 항공모함의 중요성을 알기에 엄청난 금액을 쏟아부으며 계속 추진하고 있다는 사실은 이미 전 세계가 알고 있는 사실이지만 그 구체적인 액수와 상세한 기술 정보는 군사 기밀로 발표하지 않을 뿐이다.

　또 대한민국의 삼성전자와 국방연구소가 합작하여 개발한 슈퍼 스텔스 기술 역시 일본은 산업스파이를 통해서 재빨리 훔쳐냈으나 중국은 일본처럼 간사하지도 않고 약삭빠르지도 못했다.

　여기서 두 나라의 국민성이 드러난다.

　어느 편이 마지막에 승리하는지는 차차 밝혀질 것이다.

*
*
*

일본 항모 도죠 함

도죠 함에 대해 이야기하기 전에 일본이 어떻게 강력한 과학과 산업을 이룩하게 되었는 지 한번 살펴보자.

일본 역사상 근대 산업국이 된 1860년대 전후를 분기점으로 보아야 한다. 막부 시대를 몰아내고 왕정복고가 이루어져 메이지 천황이 '메이지 유신'을 통해 서양문물을 받아들일 때이다.

같은 시절 조선에서는 고집불통의 강력한 정치 실권자인 흥선대원군이 어린 아들인 고종을 앞세워 섭정을 할 때이다.

흥선대원군은 일단 19세기 초부터 시작된 세도정치의 고리를 끊기 위해 안동김씨 주류들을 대거 정계에서 몰아냈다.

서구의 새로운 사상이 왕권 중심의 유교사상을 교란할 것을 두려워한 나머지 천주교도들을 박해하고 쇄국 정치를 펴 국제관계 악화시키고 새로운 문물을 받아들일 기회를 놓쳐버렸다.

반면 일본의 메이지 정부는 서양문물을 적극적으로 받아들이기 위해 도쿄대학을 설립하였고, 많은 외국인을 교수로 초빙하여 근대적 학문을 배우고자 힘썼다.

같은 시기에 조선의 흥선대원군은 세계사에서도 보기 드문 쇄국정책으로 서양 문물이 들어 오는 것을 단단히 막고 있었다.

조선에서는 서양사람이 보이면 전부 그 자리에서 죽여 버리란 특명을 내려 이를 이행하지 않는 지방관리는 왕명에 대한 반발이라고 여겨 처벌했다.

1866년 평양 대동강에 미국의 중무장한 상선 제너럴 셔먼호가 정박하여 통상을 요구했는데, 이 보고를 받은 대원군은 그 즉시 서양인은 잡히는 대로 처형하고 서양의 선박을 격침시키라고 했다.

제너럴 셔먼호는 80톤급의 증기선으로 조선 관군이 쏘아 댄 활이나 소총으로는 끄떡도 하지 않았다.

계란으로 바위치기 격이던 조선 관군은 셔먼호가 양각도 서쪽 모래톱에 선체가 걸려 움직일 수 없게 되자, 작은 배 수백 척을 동원하여 배 안에 기름을 끼얹은 뒤 섶을 가득 실어 불을 지르는 화공으로 배를 침몰시키고 선원들을 몰살했다.

이 사건은 향후 조선과 미국의 전쟁인 신미양요의 원인이 된다.

그만큼 대원군은 무식하면서도 고집이 세었고 그것이 조선의 운명을 그렇게 비참하게 만들었다.

일본은 그때 이미 일본은행 등을 세워 근대적인 경제와 산업을 일으켰고 철강 제철 산업도 발전시켰다.

모두 군사력과 직접적인 관련이 있는 산업이다.

또 서양 군사 전문가들을 초빙하여 육군사관학교를 세워 최신식 군사훈련을 강화하면서 군국주의 국가의 토대를 마련하게 되었다.

이제 일본은 조선 중국 대만 필리핀 등의 식민지를 통해 엄청난 인적 물적 자원을 소유하게 되었고, 과학 기술도 세계적인 수준에 이르게 된다.

한가지 문제는 전쟁에 반드시 필요한 자원인 석유를 보르네오 지역 등에서 생산해 일본으로 수송하는 데 늘 미국 해군이 걸림돌이었다.

이를 제거하기 위해 육군의 도죠 원수가 미국의 진주만을 기습 공격한 것이 태평양전쟁의 시작이다.

그때만 해도 일본은 자체 기술로 항공모함과 함재기를 직접 설계 제작할 수 있는 기술을 가진 선진국이었음은 틀림없다.

지금도 마찬가지이지만 일본의 적대국은 미국이 아니고 중국이다. 중국과 싸워 승리한 지가 70년이나 지났는데도 일본은 아직도 그때의 중국으로 여기고 얕보고 있는 듯하다.

이야기는 도죠 항모로 돌아가 보자.

이제 얼마 안 있으면 인류 역사상 가장 치열하고 비참한 핵 공격이 서막이 시작될 것이지만 겉으로는 조용하고 큰 선박이 화물을 싣고 잠시 정박 중인 것처럼 보였다.

모든 전투기는 만반의 출격 준비를 하고 대기하고 있었고, 조종사들은 자신의 이름조차 기억 못 할 것 같은 극도의 긴장감 속에 검색 매뉴얼을 읽어가며 확인 재확인하고 있었다.

정비사 역시 긴장을 늦추지 않고 한 치의 오차 없이 점검 또 점검하는 과정을 몇 번이나 거치고 있었다.

물론 그 거대한 항모의 함장은 도죠 해군 중장이다.

이제 갓 불혹을 넘긴 나이였지만 일본 최고의 가문과 탁월한 조종실력을 이십 대부터 인정받아 일본사람치고 모르는 이가 없었다.

전통적인 귀족학교인 학습원과 일본 해군 사관학교와 공군 사관학교 과정을 동시에 이수한 일본 최고의 군사 브레인이다.

2030년 10월 1일, 시원한 바닷바람이 부는 가운데 일본 최고의 항공모함 도쿄 함 갑판 활주로는 각종 엔진 소리로 대단히 시끄럽다.

전투 조종사들과 정비사들이 각자 담당하고 있는 전투기를 둘러싸고 대화를 하고 있지만, 너무나 시끄러워 헤드셋을 끼고 무선통신을 이용하고 있었다.

세계 어느 나라 항모도 마찬가지다.

항모의 가장 시끄러운 곳은 갑판 활주로다.

갑자기 함장실의 전속부관이 5명의 대기 중인 전투 조종사의 이름을 계급순으로 호명하며 즉시 갑판 한가운데 있는 함장실 겸 작전 사령관실로 오라고 명령했다.

전투 조종사들은 호명된 이유를 몰랐지만, 함장실로 바로 뛰어갔다. 전투조종 장비를 완전히 갖추고 대기하고 있었기에 빨리 뛸 수가 없었다.

그리 크지 않은 함장실에 호명된 다섯 명의 전투 조종사와 함장, 전속부관 등 장정 일곱 명이 서 있다.

함장실은 빈 곳 없이 꽉 차 있는 듯했고 매우 무거운 분위기는 조종사들을 더욱 긴장하게 만들고 있었다.

함장 역시 매우 긴장된 얼굴이었다.

부관은 어디서 가져왔는지 일본 사께 한 병을 가져와서 도죠 함장과 조종사들의 잔에 따르고 있다.

"친애하는 후배 전투 조종사 여러분, 나는 여러분과 같은 길을 걸어왔소. 나와 제군들은 우리 일본을 위한 길이라면 기꺼이 목숨을 바칠 각오가 되어 있으리라 믿고 있소."

"제군들 우리는 전투 조종사이기 전에 위대한 일본의 국민이오. 이 위대한 일본이 중국에 짓밟힐 위험에 처해 있소. 온 국민이 중국인의 노예로 전락하는 것을 그대로 두고 볼 수는 없소. 나와 여러분은 목숨을 바쳐 조국을 위해 싸워야 하오."

"현재 우리 일본은 중국의 막강한 군사력에 대적할 만한 힘이 부족하오. 이 상황에서 우리가 취할 수 있는 유일한 전법은 전력을 다해 적을 일격에 쓰러뜨리는 것이오. 우리 전통 일본식 후이굿지 전법밖에는 없소. 여러분은 다행히 여러번 후이굿지 훈련을 여러 번 받아왔소. 이제 실전에 옮길 때가 왔소."

"물론 우리 모함에는 정확한 로켓이 장치되어 있소. 그러나 이번 작전은 워낙 위험하고도 중대한 작전이기에 내가 존경하는 여러분들을 믿고 작전을 수행하려고 하오."

"물론 내가 선두에서 비행을 리드해야 하지만, 나에게는 이 위대한 도죠 항공모함을 지켜야 할 임무 또한 있소."

"제군들의 전투기에 장착된 폭탄은 지금까지 인류가 만든 최대 최상의 원자폭탄이오. 단 한 발에 직경 20킬로미터 안은 5,000도의 열에 사람은 물론 쇳조각 하나 남지 않고 다 녹아 버리는 엄청난 폭발이 있을 것이오. 그다음에는 초강력 방사능 폭풍이 불어 닥쳐 베이징과 상하이는 초토화 될 것이오."

"중국의 모든 전산망 통신망 군과 일반 행정 체계가 일시에 마비되어 결국 중국은 지상에서 사라지게 되는 거요."

"이것은 우리 일본이 살기 위한 고육지책(苦肉之策)이오."

"그런 점 깊이 이해하고 확인 또 확인하여 조금의 오차도 없이 명중 시키기 바라오."

"2차 대전 때 우리의 선배들이 조국을 위해 기꺼이 목숨 바친 가미카제 작전을 잘 알고 있을 것이오. 우리는 그들보다 더 위대한 애국자들이오."

"제군들은 목표 명중을 위해 비행기와 함께 자폭하시오. 우리의 위대한 조국은 여러분의 충성을 영원히 기억할 거요. 절대로 살아서 돌아오는 비겁자가 되지 마시오."

"자 그럼 마지막으로 한 잔씩……"

모두가 술잔을 기울인다. 너무나 진지하고 무거운 분위기 속에 일본 정신이 좁은 작전 실을 진한 안개처럼 가득 짓누르고 있다.

도죠 중장과 마지막 악수를 히자마자 전투 조종사들은 그대로 뛰쳐나가 JF-38기에 올랐다.

시트 벨트와 하네스를 졸라매고 엔진 시동 버튼을 눌렀다.

이제 모함 관제탑으로부터 이함 명령이 떨어지면 출격이다.

출격을 기다리는 동안 일본이 자랑하는 이 JF-38기의 우수성을 중국 및 한국 함제전투기들과 비교 검토해 보자.

	일본	중국	대한민국
기종명	JF-38	SU-10	TF-70
엔진 수	기본 2 + 로켓 1	2	2
엔진 출력(킬로뉴톤)	2 x 150 + 130	2 x 130	2 x 200
최대 추진력 vs 항공기 무게 비율	1.5	1.3	1.7
순항고도(피트)	50,000	45,000	55,000
최고속도(마하 수, 음속)	2.5	2.5	2.7

위 표의 각종 제원에 대해서는 전문가의 설명을 들어야 하지만 우선 가장 중요한 사항은 최대 엔진 출력이고 또 그 출력을 항공기의 무게로 나눈 수치이다.

이 두 수치 모두 함재기의 이 착함과 공중전에서 절대로 필요한 수치이다.

경험 많은 전투 조종사는 이 수치를 보고 적기와 조우할 것인가 아니면 달아날 것인가를 판단한다.

빠른 판단은 승패를 좌우한다.

대부분의 전투비행 지휘관은 전투가 시작되기 훨씬 전에 이런 중요 제원들을 모두 파악하여 즉각적인 판단을 내릴 준비를 갖추고 있다.

모든 제원으로만 판단한다면 한국형 함재 전투기 TF-70을 따를 전투기는 없고 모두가 피하려고 할 것이 틀림없다.

한국의 전투비행 사령관들도 이를 인지하고 그에 맞는 대책을 세워 작전지시를 한다.

비행기의 성능도 물론 중요하지만 어느 편이 먼저 격추 되느냐는 전투 조종사의 기술에 많이 좌우된다.

이것을 전투 조종사들은 예술이라고 한다.

한국에서는 고등학교 2학년부터 방학 때마다 비행학교에 보내어 지상교육과 더불어 비행교육도 시킨다. 이런 꿈나무들이 자라서 무적 함재기 전투 조종사가 되는 것이다.

일본이나 중국의 함재기 전투 조종사들에게는 한국 전투기와 조우하게 되면 피하라는 지령이 내려져 있다고 한다.

여기서 또 특별히 언급해야 할 사항은 대한민국의 주력기 TF-70기의 최신형 제트 엔진이다.

이 엔진은 미국의 GE사에서 개발하였는데 한국의 대한항공이 여객기용으로 사용한 지가 30년 정도 되었다. 하지만 미국 아미고 대통령의 통상교역 금지조치로 더 이상 수입할 수 없게 되어 자체 설계와 생산을 하지 않을 수 없게 되었다.

대한항공의 정비팀과 설계팀이 합작하여 새로운 다단계 제트엔진 설계에 들어갔다.

처음 닥친 큰 문제는 엔진에서 발생하는 열에 견디면서도 뜨거운 제트 기류를 분사시켜 줄 금속과 이것을 접합해 줄 용접기술을 개발해야 하는 것이었다.

즉시 현대제철 금속 전문가들과 상의하여 만들어낸 것이 TF-70기에 장착된 제트 엔진이다.

아직까지 설계 개발 기술은 특급 군사 기밀로 절대 외국에 팔지 않는다는 것이 대한민국 국방부의 강력한 방침이다.

중국은 원래 구소련에서 개발한 최초의 MIG-15기의 1단계 엔

최신형 제트엔진

대표적인 제트엔진의 상세도. 국가마다 그 길이와 지름 및 폭이 조금 다르지만 모두 비슷하다. 핵심 부품의 재료와 장착 기술이 성능을 결정짓는다.

한국이 개발한 전투기의 엔진은 설계를 뒷받침해 줄 수 있는 신재료의 개발이 중요한 요소이다.

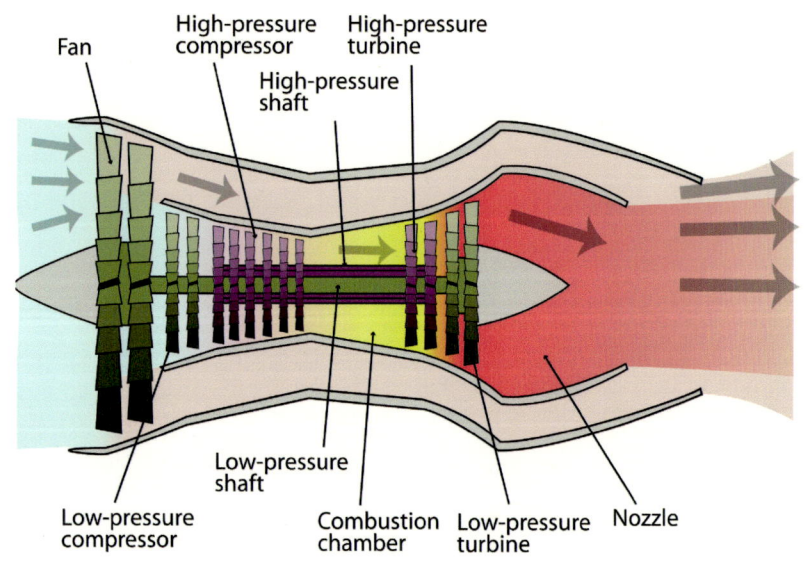

진에서 시작하여 수호이기에 이르기까지 발전에 발전을 거듭하여, 성능이나 안전성, 금속 강도에 이르기까지 미국 GE사의 엔진에 대적할 만한 고품질 엔진 기술을 보유하고 있었다.

중국은 이러한 기술을 발전시켜 더욱 효과적이고 고출력의 엔진을 개발했는데 그 연구개발의 책임자가 마오 장군(당시에는 대령)이었고 연구기관은 베이징 이공대 항공연구소였다.

그 연구 개발을 마치고 마오 장군은 진급하여 중국 해군 공군 합동사령부로 전속되어 사단장 겸 최신예 항공모함 마오 함의 함장으로 동시에 발령을 받았다.

마오 장군이 지휘하는 함재기 전투 조종사들은 엄격한 훈련에 훈련을 거듭한 최고 엘리트 조종사들이다.

일반인들은 전투기 조종사들이 계기판만 보고 비행 속도와 회전 및 상승을 자유자재로 조종하여 상대 적기와 싸우는 모습을 보고 일종의 컴퓨터 게임을 한다고 생각한다.

굉장히 재미있지만 위험한 게임이다. 그래서 전투 조종사들은 대부분 자원하여 공중전에 들어 가고자 한다.

이야기는 일본의 도쿄 함의 JF – 38기로 돌아간다.

"활주로 진입 일시 대기"

관제탑의 송신이었다.

"활주로 진입 일시 대기"

곧바로 복창한 후에 전투기를 서서히 움직여 활주로 끝에서 이함 준비를 끝내고 출격 명령을 기다린다.

어느새 도쿄 중장이 직접 나와 수신호로 조종사들에게 직접 이함 지시를 하고 있었다.

몇 분 안되는 짧은 시간이었지만 조종사들에게는 무척이나 길게 느껴졌다.

"JF-38 이함"

관제탑의 이함 명령이 떨어졌다.

"JF-38 이함"

복창과 동시에 엔진을 최고 출력으로 가동한다.

비행기는 서서히 움직이다가 곧 가속도가 붙어 굉장히 빠른 속도로 활주로를 달린다.

도죠 장군의 이륙지시 수신호와 거의 동시에 비행기는 활주로 끝 부분에 가까워졌다.

그 순간 보조 로켓을 점화시켜 쾅 하는 폭음과 함께 비행기는 더 힘찬 가속도를 내면서 이함한 후 사뿐히 모함을 떠나서 고도 50,000피트를 향해 기수를 높인다.

속도는 곧 음속의 두 배에 도달하여 시야에서 사라졌다.

이제 40분 정도 후에는 베이징과 상하이가 불바다로 변했다는 보고가 올 것이다.

작전에 조금의 오차도 없다면 반드시 승전 보고가 올 것이다.

```
  *
   *
    *
```

베이징 폭격

일본 전투기가 투하한 단 2개의 원폭으로 베이징은 완전히 불바다가 되었다.

중앙정부와 공산당 본부가 파괴된 것은 물론 많은 각료들과 당 간부들이 강력한 열에 타 죽거나 혹시 살았어도 방사능에 오염되어 몇 시간 안에 모두 시체로 변해 버렸다.

모든 통신은 일시에 마비되어 더는 중국의 수도라고 할 수 없는 폐허가 되었다.

베이징 폭격으로 희생당한 사람 중 어느 한 사람 억울하고 슬프지 않은 사람이 없겠지만 마오 장군의 부인 왕홍후아 여사만큼 기막힌 사연은 없다.

잠시 왕홍후아 여사의 사랑 이야기를 들어 보자.

왕홍후아 여사는 17세의 어린 나이에 마오 소위에게 순결을 바친 후 두 사람은 잠시 동거하다가 양가 부모님의 허락을 얻어 결혼하게 되었다. 중국사람들이 하는 전통적인 혼례였다.

결혼 후 홍후아는 베이징에서 고등학교를 졸업하고, 명문 칭화대학 중국문학과에 다니게 되었다.

시골 출신의 보잘 것 없는 홍후아가 명문대를 다닐 수 있었던 것은 남편 마오의 도움과 중국에서 마오라는 가문의 며느리인 점도 크게 작용한 것 같았다.

남편 마오는 항상 여기저기 전속을 다녔지만 홍후아는 언제나 남편을 공경하고 사랑하고 내조하는 데 자기 인생을 다 바쳐왔다.

마오 소위가 진급에 진급을 거듭하면서 중국 최고의 전투 조종사가 되고 장군이 되기까지는 모두 홍후아의 보이지 않는 내조가 있었기 때문이다.

홍후아가 칭화대학의 도서관에 가서 책 몇 권을 빌려 천안문 근처의 관사로 돌아오는 길이었다.

어디선가 나타난 비행기가 굉장히 빠른 속도로 천안문에 걸려있는 커다란 마오쩌둥의 초상화에 바로 부딪히는 것이 보였다.

워낙 빨라 잘 못 보았지만, 비행기 꽁무니에 빨간 원이 그려진 것을 본 것 같았는데 금방 쾅하는 폭음과 함께 커다란 검은 구름이 하는 위로 솟아오르는가 싶더니 곧 뻘건 불길이 솟아오르고 모든 것을 날려 보낼 듯이 센 회오리바람이 불어 닥쳤다.

그것이 베이징에 있는 모든 생명체의 마지막이었다.

철골 건물은 녹아서 붉은 쇳물이 되어 흘러내리고, 벽돌은 벽돌

대로 가루가 되어버렸다.

　불과 몇 분 만에 그 베이징은 완전 폐허가 되어 버렸다.

　마오 장군은 홍후아에게 닥친 비극을 전혀 모르고 있었다.

　중국이 일본의 핵 공격을 받은 지 한 달이 채 못되었을 때이다.

　원폭 피해를 받지 않은 지역 중 셴양을 중심으로 옛 거란과 여진족들이 뭉친 만주족들이 독립을 외치고 나왔다. 곧이어 내몽고가 옛 몽골국으로 돌아가려는 움직임이 거세어 지고 또 달라이 라마를 지도자로 섬기는 신강과 청해 등의 지역들이 독립을 선언하면서 이제 그 거대한 중국은 하나의 국가로 볼 수 없는 처지가 되어버렸다.

　이것은 도죠 장군이 구상한 작전계획이 그대로 실현된 것이다.

　셴양의 만주족 중에서 한(漢)족이나 조선족은 독립에 가담하지 않고 정세를 관망하고 있었다.

　한족이야 당연하다고 하겠지만 조선족의 움직임이 없는 것은 의문이었다.

　조선족 지도자들은 이미 5백만 명이 넘는 조선족이 남북한으로 이주해 있었고, 그곳에서의 조선족 입지도 탄탄하게 다져져 있으니 구태여 중국이란 제 2의 조국을 배신할 이유가 없다고 보고 시간을 두고 기다리자는 의견이었다.

　기이한 현상은 여진 거란 등의 만주족들이었다.

　그들은 자신들의 원 종족을 잊고 완전히 한족에게 흡수되어 버렸다. 언어나 풍습들이 남아 있는 곳이 전혀 없다.

　남아 있는 것을 구태여 찾아낸다면 중국의 인민증(주거신고증)에 만(滿)족이라고 명시된 것뿐이다.

조선족은 달랐다. 언어와 풍습을 보존하고 지키며 살아가고 있었다.

그 조선족의 지도자는 '정선달' 선생이다.

본이 연일 정씨로 고려 말기의 충신 정몽주 선생의 후손으로 동포들의 존경을 한몸에 받고 있었다.

일본의 폭격이 있은 지 두 달 정도 지난 어느 날, 정선달 선생이 성명을 발표했다.

"친애하는 조선 동포 여러분, 우리의 터전인 중국이 비열한 일본의 기습 핵 공격으로 베이징은 물론이고 상하이 광저우 등이 폐허가 되고 사람들이 비참하게 희생되었음을 잘 알고 계실 겁니다. 또 곳곳에서 소수민족들이 독립을 외치고 나오는 것도 들으셨을 겁니다. 우리 조선 동포들은 예부터 의리와 명분을 생명처럼 중히 여기며 수천 년 만주와 조선 땅에서 살아왔습니다. 우리의 조국은 우리가 태어난 중국입니다. 우리의 조국이 비참한 핵 공격을 받아 수많은 지도자가 희생되었고, 시설물이 파괴되었지만 우리는 경거망동 하지 맙시다. 더구나 많은 지역의 소수민족들이 자기들만 살겠다고 독립을 외치고 있지만, 그것은 명분 없는 조국에 대한 반동입니다. 우리 조선족 만은 조국을 배신하지 맙시다."

성명을 발표하자 조선족은 물론이고 한족과 심지어 일부 만주족들도 적극 지지하고 나섰다.

중국이 일본의 기습적인 무차별 핵 공격을 받을 그 당시에 마오 공군 중장은 마침 중국의 가장 최신형 항공모함 마오 함장으로 임명되었다.

자신이 직접 최신형 SU-10기를 조종하여 마오 함에 착함하여 바로 업무를 파악하고 다른 항모들과 연락을 시도했다.

만일 베이징의 국방부 사무실에 그대로 있었다면 일본의 원폭을 맞고 그 불바다 속에서 타 죽었을 것이다.

6천 년 역사의 중국이 그렇게 쉽사리 망하지 않는다는 운명적인 일인지도 모른다.

어쨌든 그날 마오 중장이 항모에 착함한 지 한 시간 남짓 지났을 때, 갑자기 베이징본부와 통신이 끊어졌다.

이리저리 통신을 시도해 보았지만 아무 곳도 연락이 되지 않았다. 다른 항공모함과도 통신도 두절되었다.

마오 중장은 일본의 기습 공격에 인한 것이라고는 상상조차 하지 못하고 일시적인 통신시설의 고장이라 여기며 계속 시도하라는 지시만 하고 있었다.

여기서 잠깐 마오 중장의 이력을 살펴보면 중국이 국부로 존대하는 마오쩌둥이 그의 증조할아버지고, 한국전쟁 시 중공군 장교로 지원했다 전사한 마오주석의 아들이 그의 할아버지이다.

일찍이 공군사관학교에서 교육을 마치고 내내 전투 조종사로서 근무해 온 베테랑 전투 조종사이면서 해군에도 파견되어 함재기 조종사로서의 경력도 많은 중국군 최고의 군인이다.

또 중국이 러시아에서 도입한 수호이 전투기를 중국식 함재기로 개량하고 스텔스 기능을 장착하는 프로젝트를 성공적으로 완수해 공산당과 군의 신임을 받고 있었다.

중국이 소유한 최신형 마오 함도 기본 설계부터 직접 참여하여 건조할 때까지 그의 손이 안 거친 데가 없을 정도였으니 이번 함장

임명은 당연하기도 하려니와 중국군 안에서는 다른 적임자를 전혀 찾을 수도 없었다.

마오 함에 핵탄두를 장착한 고성능 미사일을 설치한 것도 이 마오 장군의 주장 때문이다.

중국 항공모함 전부가 일본의 군 시설이나 주요 도시를 목표로 설정해 놓고 명령만 떨어지면 즉시 발사할 준비 태세를 갖추고 있도록 마오 장군은 매일 직접 점검 확인하고 있었다.

다른 19척의 항모도 마오 함과 마찬가지로 모두 핵 공격 능력을 갖추고 있는 최신형 항공모함이다.

앞서 설명한 대로 중국 항공모함은 그 역사나 성능으로 봐서 한국과 일본의 항공모함을 도저히 따라올 수 없었지만, 보유하고 있는 항모의 수와 승선병력 등 규모 면에서는 어느 나라도 침범할 수 없을 정도였다.

거기에 함재기 SU-10의 성능은 한국의 TF-70은 몰라도 일본의 JF-38은 충분히 대적할 만 했다.

중국 항공모함의 가장 무서운 점은 원자탄을 장착한 미사일이 한 항모에 2기나 설치되어 있다는 것이다.

일본도 그 정보는 어느 정도 알고 있었다. 그래서 2차 대전 때 진주만 폭격처럼 가미카제 식으로 자살 특공대를 출격시켜 파괴시킬 작전 계획을 구상하고 검토해 봤지만, 워낙 많은 항공모함이 넓은 지역에 배치되어 있어 포기하고 도죠 장군의 작전계획, 즉 중국 수도를 기습 핵 공격을 하는 것으로 결론짓고 이제 그 계획대로 출격하여 무차별 원폭 공격을 감행한 것이다.

*
*
*

중국의 기적적인 제기

　마오 중장이 항모에 온 지 열흘이 되었는데도 어디와도 통신이 되지 않았다.
　심지어 컴퓨터 접속이 되지 않아 본국의 소식은 전혀 알 수도 없었다.
　필경 무슨 큰 사고가 났으리라 짐작은 했지만, 일본이 감히 그토록 어마어마한 기습 공격을 했으리라고는 상상도 못 하고 있었다.
　기다리다 못해 현 위치에서 가장 가까운 위치에 있는 주엔라이 항공모함으로 구축함 한 대를 보냈다.
　그 구축함과의 통신도 근거리 무전기를 사용할 수밖에 없었다.
　구축함이 떠난 지도 열흘이 지났지만, 무전기는 이미 거리가 멀어 끊어져 아무런 연락도 할 수 없어 쌍안경으로 잠잠한 바다만 하염없이 바라보고 있었다.

　이럴 때 초조하다고 항모의 위치를 바꾸는 일은 항모 운영규정상 절대로 금지되어 있다.

　통신이 안되는 상황에서 섣불리 움직이면 아군의 다른 구축함이나 항공모함에서 적으로 오인하여 공격할 수 있고, 이함한 함재기가 모함을 찾지 못해 방황하다 큰 사고가 날 수 있기 때문이다.

　어느덧 베이징이 핵 공격을 받은 지 한 달이나 가까워 왔는데 아직도 중국의 항공모함들은 전혀 모르고 있었다.

　그러던 어느 날 마오 함에서 근무하던 조선족 출신의 김 대위가 휴가를 받아 고향인 하얼빈의 부모님 댁에 있다가 일본의 핵 공격 소식을 들었다.

　김 대위는 즉시 다롄(大蓮)에 있는 공군기지로 향했다.

　폐허가 된 중국 대도시들을 지나 우여곡절 끝에 다롄 공군기지에 도착한 김 대위는 마침 계류시켜 놓은 구형 MIG-27기에 직접 연료를 주입하고 모험인 마오 함을 향해 이륙했다.

　하지만 관제 시스템도 마비되어 마오 함의 정확한 위치를 알 수 없었고, 또 모함을 찾는다 해도 항공모함에 안전하게 착함할 수 있는 장비가 전혀 없는 기종이었다.

　김 대위에게는 목숨을 건 모험이었지만 중국을 위해서는 할 수밖에 없었다.

　이 김 대위는 셴양의 조선족 출신으로 수제들만 들어간다는 베이징공과대학에서 항공역학으로 학사학위를 받고, 하얼빈 이공대에서 석사학위를 이수한 후에 중국 공군에 자원하여 소원이던 전투 조종사가 된 인물이다.

　김 대위 할아버지는 백두산 근방의 고려인촌에서 태어나 하얼빈으로 이사하여 살다가 다시 조선 사람들이 많이 사는 셴양(瀋陽)으로 이주해서 정착했다. 김 대위가 어린 시절을 보낸 곳은 하얼빈이다.

　할아버지의 고향인 백두산 근방에서 태어났지만 네 살쯤 온 가족이 하얼빈으로 이주했기 때문에 하얼빈이 고향처럼 느껴진다.

　할아버지께서는 조선족 중에서도 교육을 잘 받아 토목기사를 하셨다고 한다. 당시는 소련이 시베리아 철도를 거의 완성할 단계였으므로 토목기사의 기본 지식만 있어도 취직이 보장되던 시절이었고 그렇게 해서 하얼빈에 있는 소련의 시베리아 철도국에 취직되어 정든 백두산 근처의 시골 고향을 떠나게 되었다고 한다.

　하얼빈은 좀 특이한 도시였다. 물론 거기에도 조선족(고려인이라고 부르기도 한다)이 많지만, 큰 도시라 조선족뿐만 아니고 중국 한족은 물론 거란 여진 러시아인 등이 살고 있는 그야말로 국제적인 도시였다.

　거기서 쑹화강(松花江)까지가 약 60리이고, 이 쑹화강만 넘으면 소련 땅이다. 당시에는 국경 개념이 별로 없었는지 시베리아철도 건설현장은 송화강 북쪽인데 관리 사무실은 남쪽 하얼빈에 있었다고 한다.

　백두산 근방은 원래 모두 조선땅이었고 조선족들이 많이 살고 있었는데, 옛날에는 고려인이라고 하다가 조선왕조 이후에는 조선인 또는 조선족이라고 불리고 있었다.

　조선족들은 특이한 점이 많았다.

그들은 어디에 정착하던 쌀농사를 짓고 사막 같은 쓸모없는 땅을 일궈 논과 밭을 옥토로 만들어냈다.

조선족 마을 어디를 가나 마을 입구에 커다란 나무로 된 조선족 표시가 있고 여자들은 색동저고리를 즐겨 입었다. 남자들은 모두 흰 옷만 입어 다른 만주족들은 '백의민족'이라고 부르고 있다.

또 마을마다 최고 연장자가 통치권자가 되어 입법 사법 행정을 다스리는 것을 대대로 불문율로 여기고 철저히 지키고 있었다.

또 한가지 조선족은 고구려 때부터 내려오던 태권도와 유사한 전통 무술을 어린 시절부터 연마해서 타민족이 함부로 조선족 마을에 들어왔다간 혼쭐이 났다.

조선족 최고의 주먹 시라소니도 다른 무술을 배운 적이 없었지만 한국, 중국 멀리는 몽골까지 그의 주먹과 발차기, 박치기를 당할 자가 없었다고 한다. 바로 고구려 시대부터 내려온 무술의 고수였기 때문이다.

시라소니 외에도 독립군 지휘관인 김좌진 장군, 젊은 시절의 김구 선생, 김좌진 장군의 아들 종로의 김두한 등 조선 출신의 많은 주먹들이 있었다. 그래서인지 거란, 여진 등의 만주족은 모두 한(漢)족에게 흡수되어 자기들의 언어도 없어진 지 오래되었지만, 전통을 지키며 한글까지 그대로 쓰고 있는 조선족 마을에 들어오면 여기가 조선인지 중국 만주인지 분간 못 하는 이가 많았다고 한다.

독립투사 안중근 의사가 하얼빈역에서 조선을 빼앗은 이토 히로부미를 저격한 사건은 역사에 길이 남을 의거였다.

하얼빈은 국제적 산업도시로 만주지역을 대표하는 도시였지만, 그래도 가장 크고 유서 깊은 곳은 김 대위가 살던 셴양이다.

이미 언급한 대로 김 대위는 그 셴양에서 고등학교를 마치고 수재들만 간다는 베이징이공대에 전액 장학생으로 입학하여 거기서 본격적인 항공역학과 비행기 조종교육을 받았다.

다시 마오 함으로 향하던 김 대위의 이야기로 돌아가 보자.

천만다행으로 마오 함은 그 자리에서 그대로 정박해 있었다.

마오 함 가까이 비행하여 아군기라는 신호를 보내야 하는데 통신이 되지 않으니 비행기의 거동으로라도 아군기라는 신호를 보여야 모함으로부터 적기로 오인한 사격을 피할 수 있다.

모함의 관측병이 보기에 자신이 몰고 온 구형 MIG-27기가 아군기일 가능성이 컸지만, 비행기를 롤링 거동 즉 주 날개와 몸체를 좌우로 기울이는 거동 비행을 계속하면 적의가 없다는 표시이므로 계속 롤링해가며 모함 주위로 빙빙 돌고 있었다.

드디어 모함에서 착함하라는 신호로 빨간 조명을 비췄다.

너무도 반가웠지만, 테일 훅 장치가 없는 MIG-27기는 착함이 쉽지 않다.

김 대위는 엄청난 위험을 감수하고 착함 바로 직전 기수를 고도로 치켜들어 랜딩기어가 갑판에 닿자마자 스톨 상태로 들어가도록 했으나 비행기는 계속 미끄러져 순식간에 활주로 끝에 보였다.

이대로 바다에 수장될 찰나에 기적적으로 비행기는 활주로 끝 1미터 지점에서 멈췄다.

역시 중국이 그대로 죽으란 법은 없다는 말이 여기서도 적용되는 것 같다.

잠시 정신을 잃었던 김 대위는 살았다는 안도의 한숨을 내쉬기도 전에 자신을 향해 달려온 구급차를 타고 그대로 마오가 있는 함장실로 향했다.

마오 함장은 기다렸다는 듯이 침착한 얼굴로 김 대위를 맞으며 무슨 일이냐고 물었다. 김 대위는 경례할 겨를도 없이

"핵 공격, 핵 공격입니다"

이라고만 소리쳤다.

조금 후에 겨우 정신을 차리고 베이징이 일본의 원폭 공격을 받아 초토화가 되었다는 엄청난 보고를 할 수 있었다.

실로 엄청난 소식에 옆에 있던 참모들은 어찌할 바를 몰랐으나, 마오 장군은 조금의 동요도 없이 극히 침착했다.

마오 장군은 머리 속으로 빠르게 반격할 준비를 하고 있었다.

'우선 핵탄두 로켓을 싣고 있는 모든 중국의 항공모함과 연락해야 한다. 무조건 통신이 되어야 해.'

마오 함장은 모함 내의 모든 컴퓨터 전문가와 통신 전문가부터 급히 집합시켰다.

한 전문가가 모함과 모함 사이의 위치만 맞으면 어쩌면 단계적으로 통신을 연결해주는 방법이 가능할 수도 있다고 했다.

일단 마오 함으로부터 멀지 않는 주엔라이 함부터 시도하고 또 주엔라이 함은 그다음 위치에 있는 항모에 연락하는 방법이다.

시도한 결과 주엔라이 함장의 통신이 왔고 그렇게 해서 중국의 항공모함 20척에 모두 연락이 가능해졌다.

이제 남은 일은 마오 장군의 결전 시간만이다.

이 경우 혹시 적에게 감청될 수도 있었지만, 지금은 그런 것을 걱정할 겨를이 없다.

한편 기습공격의 대성공에 도취한 도죠 장군은 이제야 대일본이 안심하고 살 수 있다고 정부는 물론이고 전 일본 국민 앞에서 영웅 행세를 하며, 매일 축하 파티로 바쁜 나날을 보내고 있었다.

그때가 바로 셴양의 정선달 선생이 조선족에게 성명서를 낼 때였다.

마오 함의 마오 장군은 11월 20일 오후 3시 25분 10초 정각에 모든 중국 항모에서 총 20기의 원폭 로켓을 1초의 오차도 없이 발사하라는 극비 명령을 내려놓고 그 시간만 기다리고 있다.

목표물은 미리 정해져 있고 발사에 필요한 각 모함의 컴퓨터 시스템도 아무런 지장이 없도록 점검 또 점검해 놓았다.

이제 그 시간에 일제히 발사 스위치만 누르면 모든 작전은 끝난다. 그 파괴력은 일본이 공격한 양의 7배나 된다. 이 정도의 파괴력이면 어쩌면 일본이란 나라는 지도에서 사라질 수도 있다.

*
*
*

중국의 핵 반격

베이징에 있는 베이징이공대는 국제적으로 'BIT'라 불리며 미국의 MIT에 비유하여 중국 MIT라는 평가를 받고 있다.

이 대학은 좀 특이한 역사를 지니고 있다.

마오쩌둥 주석이 공산당 운동으로 천하를 통일한 후 자체의 과학기술이 없으면 중국은 또 언제든 외세에 멸망할 수 있다는 신념으로 국방에 관한 기술 개발과 더불어 순수 연구기관으로 설립한 것이 지금의 베이징이공대학이다. 한국의 박정희 대통령이 설립한 KIST와 비슷한 동기라고 보면 된다.

연구기관으로 그 위치도 칭화대학, 베이징대학, 베이징교통대학(자오퉁) 등의 중국 최고의 고급 두뇌들이 편리하게 왕래하며 연구활동에 몰두할 수 있도록 그 기존 대학들의 중간쯤 되는 엄청나게 큰 부지에 각종 건물을 지어주었고, 초빙된 두뇌들은 서로 들어오려고 경쟁을 벌일 만큼 온갖 특혜를 제공해 주었다.

처음 약 20여 년을 순수연구기관으로만 운영하다 나중에는 부설대학을 설립했고 그 대학이 본격적인 교육기관으로 다른 대학들과 경쟁하는 수준에까지 올라선 것은 당연한 결과이기도 하다.

물론 그 대학의 전교생이 중국 정부 즉 공산당의 전액 장학금을 받아 일단 입학만 하면 4년 학부를 마칠 때까지 무료 교육이 보장되고 심지어 잡비까지 넉넉히 주고 있다.

학생들은 중국 각 성에서 두세 명씩만 선발하여 입학시켰다.

지금의 김 대위는 하일빈에서 뽑혀온 최우수 특대생이었다.

그는 고등학교 시절부터 비행기 조종사가 꿈이었기에 항공역학 등 관련 과목들을 열심히 공부했다.

기이한 인연인지 김 대위는 대학에 입학하여, 지금은 공군 중장이며 마오 함의 함장인 마오 대령을 우연한 기회에 만나게 된다.

김 대위가 입학한 해에 마오 공군 대령은 러시아에서 도입한 최신형 전투기 SU-5기를 평가하고, 중국 현실에 맞게 개량하며 함재기 역할을 겸할 수 있도록 개발하는 프로젝트, 즉 SU-10 개발 프로젝트 매니저로 임명되어 부임했을 때였다.

나이로 치면 아버지와 아들 정도의 차이였고, 일반 학부 학생과 공군대령의 차이였지만 우연히 만난 사이인데도 금세 매우 친한 사이가 되었다.

장래의 진로에 대해서 상의하며 전투기 조종에 대한 강의도 해주었고, 기회가 있을 때 직접 수호이기에 시승도 시켜주었다.

김 대위는 마오 대령을 자신의 롤 모델로 삼고 진심으로 존경하는 스승으로 모셨다.

그가 중국 공군의 ROTC에 지원한 것도 또 조종사 훈련과정을 밟게 된 것도 모두 마오 대령의 장려와 지도로 된 것이었다.

그런 관계로 시간이 흘러 지금은 그 김 씨 성의 학생은 현역 공군 대위로 마오 대령은 공군 중장으로 진급되었고, 특히 마오 장군은 중국의 해군과 공군을 합병한 해공군 특별사단의 사단장이었다.

김 대위도 그 사단의 함재기 전투 조종사로서 복무 중이었다.

두 사람은 지금도 매우 가까운 사이지만 한 가지 어쩔 수 없는 것이 있다면 김 대위는 조선족이고 마오 장군은 한족이다. 그러나 같은 중국인 임은 틀림없고 조국에 충성해야 한다.

마오 장군이 김 대위의 일본 핵 공격 보고를 받고
"어쩌면 좋겠는가?"
라고 물었다. 그는 즉시 힘주어 대답했다.
"저를 편대장으로 보내 주십시오. 치겠습니다."
옛날이나 지금이나 전투기들이 출격할 때는 5대씩 조를 만들어 편대비행을 하고 편대장은 그중 가장 선임자나 실력 있는 파일럿이 맡는다. 편대장은 모든 작전사항을 각 편대원들에게 무전 통신으로 지시한다.
"알았다. 조종사 대기실에 가서 출격 준비하고 있도록."
마오 장군은 낮고 단호한 목소리로 김 대위에서 지시한 후 곧 깊은 생각에 빠졌다. 작전 계획을 세우고 있는 것이다.

마오 장군이 고심하는 이유는 지금 SU-10 전투기를 발진시킨다 해도 핵 공격이니만큼 항모 양 끝에 설치된 로켓에서 핵탄두를 빼내어 SU-10에 다시 장착해야 하는데 그럴 시간이 없기 때문이었다.

또 출격 중에 혹 일본 전투기와 조우하게 되면 도그파이트(Dog Fight), 즉 공중전을 치러야 하는데 상황이 그렇게 한가하지 못하다.

마오 장군은 고심 끝에 이미 준비된 대로 일시에 핵미사일을 발사하여 무차별적인 공격을 시행하겠다고 결정했다.

물론 전투기가 직접 날아가서 목표물을 명중 시키는 것이 미사일 공격보다 정확하겠지만, 일본의 경우는 다르다.

일본은 대륙의 중국과 달라서 모두 작은 섬으로 구성되어 있고, 중국 항모의 핵미사일은 이미 그 모든 섬을 목표로 조준해놓고 연습도 충분히 해 놓았다.

정확히 명중하지 못한다 해도 그 섬의 어느 곳이든 폭격을 맞기만 하면 엄청난 원자폭탄의 위력에 어차피 섬 전체는 흔적도 없이 사라질 것이다.

중국 항공모함이 모두 20척이고 한 항모에 장착된 핵미사일이 2기씩이면 통합 40기다. 이만하면 일본 전역을 섭씨 5천 도로 불태우고도 남을 만한 화력이다. 참고로 2차 대전 때 일본의 히로시마에 투하된 원폭의 1.5배의 위력을 갖춘 것이다.

전문가들이 연구한 바로는 일본 전역을 초토화 시키는 데는 원폭 30기면 충분하고 나머지 10기로 근방의 해저를 타격하면 어쩌면 지구 역사상 처음 있는 어마어마한 지진과 쓰나미가 발생하게 되어 근방의 섬들은 물론이고 거대한 항공모함들도 힘없이 밀려나 모두 파괴된다는 것이다.

지진이 없어도 쏘아 보낸 핵폭탄만으로도 일본은 모든 섬이 완전히 불바다가 되리라는 것은 틀림없다.

"사랑하는 홍후아, 빨리 네 곁으로 가고 싶지만 나는 아직 조국을 위해 꼭 해야 할 일이 있으니 조금만 참아다오."

마오는 마음 속으로 외치고 또 외쳤다.

김 대위를 위해서도 그동안 밤낮으로 훈련시켜 온 조종사들에게도 조국의 복수를 할 수 있는 기회를 주고 싶었지만 지금 그런 감정으로 나라의 운명을 그르칠 수는 없었다.

미리 연락하고 확인한 대로 마오 장군이 발사 버튼를 누르면 다른 모든 중국 항공모함들이 동시에 원폭을 발사하게 되어 있다.

마오 장군은 결의에 찬 표정으로 발사 버튼을 눌렀다.

"중국은 영원하다."

핵미사일은 목표를 향해 발사되었고 이제 결과를 기다리고 있을 때였다.

갑자기 높이 7미터가 넘는 쓰나미가 들이닥쳤다.

거대한 항공모함이 기우뚱거리며 활주로에서 출격 대기중이던 함재기들이 이리저리 쏠려 몇 대는 바다에 빠지고 몇 대는 날개끼리 부딪쳐 다시 비행하려면 수리를 해야 할 정도였다.

마오 장군은 함장실에서 비틀거리면서도 단단히 중심을 잡고 서 있었다.

"됐다. 성공이다."

쓰나미가 발생했다는 것은 원자폭탄이 성공적으로 폭발했다는 증거였다.

한편 독도 경비를 위해 나와 있는 우리 해군의 박정희 항모와 이북의 원자력 잠수함에도 쓰나미가 닥쳐 왔다.

먼저 기술했다시피 박정희 함은 세계 최고의 크기로 자그마치 150,000톤의 배수량이다. 이 정도 크기면 7미터 쓰나미의 파고는 정면으로 바로 부딪치기만 하면 무사히 지나칠 수 있다.

하지만 만일 옆으로 부딪히면 즉 쓰나미가 밀려오는 방향과 배가 가는 방향이 직각이 되면 매우 위험한 상황이 되고 아무리 큰 배라도 전복될 수 있다.

쓰나미가 오는 방향을 예측하고 모함의 방향을 틀어 파도와 직각(90도)으로 부딪히게 하면 안전할 수도 있다.

그래도 길이가 500미터가 넘는 거대한 선박으로 이론상으로는 양 끝부분의 높이 차이가 10미터가 넘으니 파도를 넘을 때마다 마치 곡예 항해를 하는 것처럼 올랐다 내리기를 반복하고 좌우로 기우뚱하는 것은 피할 수 없어 매우 위험한 상태에 빠지게 된다.

물론 모든 한국형 항공모함에는 자동 항해 경보장치와 자동 항해 조종장치가 모두 부착되어 있다. 비행기에 설치된 장치와 같은 것이다. 그러나 파고가 7미터 내지 9미터가 된다면 문제가 다르다.

실려 있는 함재기가 한쪽으로 쏠려 바닷속으로 떨어질 수도 있고 승선 인원들의 생사가 달린 문제다. 이럴 때는 선장 이하 항해사 밑 모든 승무원이 즉시 비상사태로 들어가 모두 자기 임무를 조금의 오차도 없이 수행해야 하고, 모두가 구명조끼와 좌석벨트를 조여 매고 사선을 넘어야 한다.

그렇게도 높은 쓰나미가 한 번만 있는 것이 아니고 계속 닥쳐오면서 방향도 이리저리 바뀌고 있었다.

세 번, 네 번째 쓰나미가 닥칠 때는 모두가 이젠 끝이라고 생각했다.

일본의 크고 작은 섬에 명중한 원자폭탄은 거의 동시에 떨어졌지만 그래도 섬마다 조금씩 차이가 있었고, 그 차이가 한국의 항공모함에는 엄청난 위기를 안긴 것이다.

그렇게 사투를 벌이며 항해 아닌 항해를 한 것이 두 시간 정도 지났을 때 파도가 점차 잠잠해졌다. 하지만 긴장을 늦출 수 없었다.

박정희 함의 함장은 해군본부 작전감실에 전화를 걸었다.

"박정희 함 함장이다. 비상상황 끝. 작전지시를 기다린다."

"작전실 당직사령입니다. 박정희 함 상황은 알고 있습니다."

"급히 전할 정보가 있습니다."

"중일 전쟁이 발발했습니다."

"뭐 중일전쟁?"

"핵전쟁입니다."

그때였다.

해군본부 비상상황실로부터 작전 지시가 하달되었다.

"모든 항모는 비상대기. 전군의 모든 장병은 즉시 원대 복귀하여 비상대기하라."

"아이 아이"

이 '아이 아이'란 말은 해군에서만 쓰는 독특한 말로 잘 알았다는 뜻이다.

박정희 함장은 비상 상황에 따른 만만의 준비를 해놓고 대기 중이다.

'이북의 잠수함도 쓰나미의 영향을 받았을 텐데…….'

문득 이북의 잠수함이 생각났다.

물 밑에 있었다면 그나마 좀 덜 했겠지만, 만약 당시에 수면 위에 있었다면 잠수함의 방향에 불문하고 틀림없이 뒤집혔을 테고 극히 위험한 상황에 처했을 것이다.

급히 통신병에게 연결하라고 지시했다.

"살아있나?"

"에고 죽다 살았디. 이젠 형님이라고 부를 수 있갔고만, 뒈지면 그것도 못부르디 안캇어."

"살아 있어줘서 고맙다. 나도 모두 죽는 줄 알았어. 이 마당에 형님 아우가 어디 있나. 까짓거 나두 형이라고 불러 줄테니 살아만 있어다오."

"기래 고맙구만."

"고마워."

∗
∗
∗

일본의 완전 수몰

　일본인은 한국인보다 작은 인종으로 일본말로도 '잇순보시'(작은 사람들의 나라 국민)라고 부른다.
　더운 날씨 때문인지 온몸에 걸친 것이라곤 '훈도시'란 조그만 수건 같은 것을 남성의 성기만 가리고 발가벗은 채로 다닌다. 남방의 식인종과 다를 바 없다. 그러면서도 칼은 긴 칼 짧은 칼 두 개를 항상 지니고 다니면서 툭하면 칼질로 살인을 밥 먹듯이 하고 다니는 미개한 족속이다. 또 자기 자신도 '하라끼리'라고 해서 짧은 칼로 자결하는 것도 항상 있는 일이다. 그래서 동양에서는 작은 미개인이란 의미로 외국(倭國) 또는 왜국놈이라고 부른다.
　원래 일본은 한국과 중국 두 나라의 속국으로 미개하고 아무런 가치도 없는 나라였다. 백제와 신라 및 당나라의 속국이었다는 역사적 사실이 명백하다. 일본의 문자라는 것을 보면 더 잘 알 수 있다. 중국어 인(漢)문이야 워낙 오래된 상형문자이고 지금까지도 동양의 대부분 국가들이 병용해서 사용하고 있지만 일본 글은 미개인의 문자라는 것을 증명하고 있다.

반면 한글은 매우 조직적이고 과학적인 구성으로 세계 모든 언어의 발음을 거의 완벽하게 쓸 수 있다. 예를 들어 '맥도날드'를 한글로는 그대로 '맥도날드' 또는 '맥도날' 이라고 표기할 수 있는데 일본어로는 '마꾸도나루도'라고 표기할 수밖에 없다. 매우 미개하고 비천한 역사를 지닌 나라와 민족이지만 근대에 와서 메이지유신으로 서양 문물을 일찍이 받아들여 발전하였다. 하지만 아직 야만인의 근성이 그대로 남아 있는 것이 여러 형태로 나타난다.

2차대전 때 한국과 중국에서 얼마나 악독한 짓을 했는지 보면 충분히 이해가 간다. 80년이 지난 지금도 중국에서는 영화나 텔레비전에 일본의 젊은 지식인들이 짧은 일본도로 갓 난 중국 어린이를 찔러 죽이는 비참한 장면을 여과 없이 보여주고 있다.

유명한 난징대학살에서도 두 명의 일본군 소위가 누가 먼저 일본도로 100명의 목을 자르는지를 놓고 겨루었다는 신문기사가 실리기도 했는데, 이는 난징에서 일본군이 벌인 학살과 만행이 얼마나 잔인했는지를 잘 보여준다.

이 무슨 천벌 받을 이야기인가.

이제 곧 일본이 천벌을 받는 이야기가 나올 것이다.

일본 전국 TV 방송에서는 3월 15일 오후 6시 정각에 도쿄 장군의 특별담화가 있으니 빠지지 말고 시청하라는 당부가 하루 전날부터 계속되고 있었다.

매스컴을 통해 중국과의 전쟁에서 일본의 기습 공격으로 승리했다는 소식은 알고 있었지만, 그 전쟁의 총사령관이 직접 발표하는 담화는 처음이므로 온 국민이 매우 흥분해서 그 시간을 기다리고 있었다.

각 가정과 직장마다 사람들이 일손을 놓고 TV 앞에 모여 앉았다.

드디어 기다리던 도죠 장군이 TV에 모습을 드러냈다.

"국민 여러분에게 보고합니다. 우리 일본의 무적함대가 숙적 중국의 베이징과 상하이 등 대도시는 물론 적의 사령부가 있는 곳을 공격하여 성공했습니다. 그동안 우리는 중국의 거대한 항공모함 군단과 수많은 핵무기의 위협에 굴복하며 살아왔습니다. 하지만 우리 일본은 절대로 적의 위협에 굴복할 수가 없습니다. 견디다 못한 저를 위시한 우리 해군과 공군은 미리 배치해 놓은 항공모함 군단에서 동시에 최정예 전투 조종사들이 발진하여 베이징, 상하이, 광저우 등의 도시와 군사령부를 동시에 폭격했습니다. 우리가 개발한 스텔스 기술로(사실은 한국의 삼성전자와 국방과학연구소가 공동 연구한 것을 스파이가 훔쳐낸 것) 아군의 피해 없이 폭격에 성공할 수 있었습니다. 이제 중국이란 나라는 영원히 없어지고 남은 땅은 모두 일본의 영토로 바뀔 것입니다."

도죠 장군의 말이 채 끝나기도 전에 갑자기 TV 화면과 전등불이 꺼지더니 일본 전역에 태양 빛보다 더 밝은 섬광이 쾅하는 소리와 더불어 비치는가 하더니 모든 것이 끝나 버렸다.

일본인들이 좋아하는 영(零)의 세계로 들어간 것이다.

인간은 물론이고 모든 동물과 철근 구조물, 콘크리트 건물, 심지어 암석 같은 광물질도 모두 섭씨 5,000도의 열에 타고 녹아 뻘건 액체가 되어 밑으로 흐르다가 바닷속으로 들어가 버렸다.

일본이 자랑하던 후지산이 밑으로 내려앉아 그 꼭대기가 수면에서 겨우 1,000미터 정도만 남았다.

그나마 살아남은 인간과 동물들은 살려고 발버둥 쳤지만 얼마 못 가 모두 죽어 버렸다.

도쿄대학 지질학과와 베이징 이공대(BIT) 지질학 연구소에서 얼마 전에 거의 동시에 발표한 연구 논문에 따르면 일본의 섬들을 지지하고 있는 텍토닉 판이 매우 불안전하므로 작은 충격으로도 상하로 움직일 수 있다는 내용이었다.

여기서 작은 충격이란 우리가 일상생활에서는 상상도 하지 못할 만큼 거대한 에너지로 충격한다는 것이고 상하로 움직인다는 뜻은 지구 전체의 크기로 보아 후지산보다 3~4배나 되는 큰 높이로 지판이 내려앉는다는 학설이다.

다시 말해 후지산 꼭대기가 물속에 잠기고도 아무런 흔적이 없을 만큼 일본 전체가 물속에 잠긴다는 이론이다.

그 이론이 이제 실증되었다.

조그만 충격이라는 것이 중국의 마오 장군이 발사 명령한 40개 원폭 중에 일본 전체를 파괴하고도 남을 30개의 원폭 제외한 10개의 원자탄을 모두 후지산 분화구를 정 조준하여 쏜 것이 전에 언급한 텍토닉 지질 판을 충격시켜 밑으로 내려앉은 것이다.

동시에 30여 년 전 후쿠시마에 닥쳤던 쓰나미보다 10배가 넘는 엄청난 쓰나미가 밀려왔다.

한국의 부산과 포항을 비롯한 이북의 청진에까지 파고가 5미터나 되는 쓰나미 경보가 계속되고 있었다.

말 그대로 이제 일본이라는 땅은 세계지도에서 영원히 없어졌고 본토의 일본인은 한 사람도 남지 않고 열에 타 죽거나 물에 잠겨 죽어 버렸다. 이것이 모두 영(零)의 세계가 아니고 무엇인가?

일본 열도가 흔적도 없이 사라지자 중국의 마오쩌둥호와 주엔라이호 등의 병사들은 귀향명령을 받고 고향으로 향했다.

하지만 베이징이나 상하이 등 일본의 원폭을 맞은 곳에 집이 있는 사람들은 갈 곳이 없었다.

집이 베이징에 있는 마오 장군 역시 갈 곳이 없어 할 수 없이 하얼빈에 있는 김 대위의 집에서 며칠만 묵기로 하고 같이 떠났다.

SU-10기를 직접 조종하여 다롄(大連)의 공군기지에서 연료를 주입한 뒤 하얼빈의 민간 공항 활주로에 무사히 착륙했다.

마오 장군은 하얼빈에서 지낸 며칠 동안 조선족 지도자 정선달 선생의 성명서 이야기를 듣고 너무나 감격하여 김 대위에게 한글로 초청장을 써 달라고 부탁했다.

하얼빈 중심가에 있는 함지박이라는 한국식당으로 조선족 대표들을 초청하여 중국 인민을 대표하여 감사의 뜻을 표하고 융숭히 대접했다.

그런데 문제가 생겼다.

일본의 원폭 공격을 받은 후로 그 거대한 중국이 무정부 상태가 되어 기존의 화폐가 휴짓조각으로 변해 있었다. 할 수 없이 함지박 식당 주인에게 자신의 공군 중장 이름과 신분을 밝히고 정부가 새로 설립되면 꼭 갚기로 하고 외상거래를 했다. 물론 김 대위도 유창한 한국말로 보증 서겠다고 도와주었다.

아~ 위대한 한반도(새로운 세계사)

    6,000년의 역사를 가진 중국이 일본의 기습 원폭 공격에도 완전히 망하란 법은 없는가 보다. 정선달 선생과 마오 장군의 교분이 바로 이를 증명하는 것인가.
    그 날 저녁 하얼빈의 함지박 식당에서 만난 두 사람은 처음부터 의기가 통하는 성격이었다.
    마오 장군은 하얼빈의 김 대위 집에서 며칠 동안만 머물다가 떠난다는 것이 그럭저럭 한 달이 가까워져 오고 있다.
    마오 장군은 우선 베이징으로 가야 하는데 베이징은 이미 원폭 피해로 사람이나 동물이 살지 못하는 완전 폐허가 되었다.
    원폭 피해를 받은 곳은 근방에만 가도 강력한 방사능에 노출되어 즉시 생명을 잃거나 세포의 이상 조직이 생겨 얼마 못 가서 전신에 암세포가 퍼져 비참하게 죽어 버린다.
    베이징에서 만리장성이 있는 지역까지가 한계선이다.

마오 장군은 우선 그 근방 주택의 방 한 칸을 빌려 기거를 하면서 베이징과 중국의 재건을 모색하기로 했다.

그곳은 부인 홍후아의 친정집 즉, 마오의 처가가 있던 곳이다. 어쩌다 부인을 잃고 여기까지 오게 되었나 돌이켜보면 참으로 암담한 일이었다.

모든 행정기관과 군 조직이 흔적도 없이 사라져 무정부 상태가 된 지 이미 3개월이 되었다. 조국 중국은 파괴되어 뿔뿔이 흩어지고 집도 가족도 다 타버린 자신의 신세가 처량하기 짝이 없다.

마침 자기가 서 있는 곳이 한겨울 추운 만리장성 근방이어서 그런지 더 눈물이 나온다.

할아버지 마오쩌둥이 중국을 통일하던 때 지은 유명한 시 '심원춘(沁园春)'이 생각난다.

할아버지는 위대한 정치지도자이면서도 시도 잘 쓰시고 연설도 잘 하셨다고 하지만 나는 너무 어려서 기억이 없다.

'이럴 때 할아버지가 옆에 계시기만 해도 얼마나 좋겠는가'

沁园春. 雪

北国风光，千里冰封，万里雪飘 。
望长城内外，惟馀莽莽；
大河上下，项失滔消。
山舞银蛇，原驰蜡象，飲与天公 试比高。
徐晴日，看红装素裹，分外妖娆。

江山如此多娇，引无数英雄竞扳腰。
惜秦皇汉武，略输文采；
唐宗宋祖，稍逊风骚。
一代天骄，成吉思汗，只是弯弓射大调。
俱往矣，数风流人物，述看今朝。

심원춘. 눈

북국의 풍광
천리에 얼음 덮이고
만리에 눈이 날리네.

장성 안팎 바라보니
어디라 없이 백설천지;
대하의 상하류도
금시 도도한 기세 잃었구나.

산은 춤추는 은뱀이런가
고원은 달리는 흰 코끼리런가
하늘과 높이를 비기려 하누나.

날이 개여
붉은 단장 소복 차림 보노라면
더욱 유난히 아릿다우리.

강산이 이렇듯 아름다와
무수한 영웅들 다투어 허리 굽혔어라.

가석하게도 진시황, 한무제는
문채가 좀 모자랐고;
당태종, 송태조는
시재 좀 무디였어라.

일대의 천교
칭기즈칸도
활을 당겨 독수리 쏠줄 밖에 몰랐으니.

모두가 지나간 일이여라
풍류인물 세려면
또한 오늘을 보아야 하리라.

'할아버지는 이 시에서 천하의 칭기즈칸을 독수리나 잡는 활잡이로 평하였으니 참으로 큰 사람이었구나'
마오 장군은 할아버지에 눈물이 그치질 않았다.

마오 장군은 만리장성 밑에 있는 작은 상가를 빌려 중국 임시 정부를 만들고, 근방의 뜻 있는 인사들을 모았다.

이제 마오 장군은 더이상 공군 중장이 아닌 중국 임시 정부의 주석이 되었다.

평생을 군에 몸담았던 그가 정부 일을 하려니 처음에는 좀 서툴렀지만, 군에서 맡았던 인사 행정 경험을 바탕으로 곧 익숙해졌고 업무도 예상외로 빨리 진전되고 있었다.

가장 시급한 사안은 베이징 시내의 방사능 제거 문제와 각종 건축물의 재건 문제였다.

이 문제들이 선결되어야 주민들이 되돌아올 수 있고 정부도 새로 설립할 수 있는데 지금으로써는 그 해결책이 전혀 없었다.

마오 주석은 생각다 못해 하얼빈의 정선달 선생과 상의하기로 하고 정선달 선생을 임시정부로 모셔오기로 했다.

정선달 선생은 한반도의 대한민국과 북조선에 도움을 청하는 것이 좋겠다고 제안하고 마오 주석에게 함께 대한민국으로 가자고 했다. 하지만 공항은 이미 초토화되어 칭다오로 가서 배를 타고 인천항에 도착했다.

인천항에 도착하여 입국심사대를 통과하려는 순간 문제가 생겼다.

중국 임시 정부의 주석 신분이었지만 중국 정부가 없어져 이를 증명할 수가 없으니 가지도 오지도 못하는 처지가 되어 버렸다.

조선족인 정선달 선생은 아무런 문제 없이 입국했고 즉시 서울의 법무부 출입국 사무소로 달려가 국장을 만나 자초지종을 설명하며 도움을 요청했다.

국장은 마오 주석이 신분을 증명할 아무런 서류도 없었으나 중국의 원폭 피해와 일본 열도의 침몰을 알고 있었고 사정이 사정이니만큼 인접국의 정상으로 대접해 주기로 했다.

즉시 출입국장이 직접 사무관 한 명을 대동하고 인천으로 영접하러 나갔다. 외국 정상에 준하는 예우를 하라는 청와대와 법무부 장관의 지시가 있었다.

한국에서 제작한 최고급 차와 운전기사를 보내어 모셔 오도록 조치했으나 마오 주석과 정선달 선생은 양해를 구하고 사전에 연락한 서울대 병원으로 직행했다.

서울대 병원장은 현대모비스 사장과 현대중공업 사장에게 급히 요청하여 합동회의를 하기로 하고 모두 기다리는 중이었다.

마오 주석은 베이징 시내의 방사능 수치를 사람이 살 수 있도록 낮추는 일과 동시에 원자탄 피폭 환자들을 치료할 수 있는 일종의 특수 엠블런스 같은 차량을 설계 제작할 수 있는지를 간곡히 문의했다.

서울대 병원 측은 특수 엠블런스가 환자, 의료진, 차량 운행 요원 등의 인원이 최소한 20일 이상 차량 내부에서 기거할 수 있어야 한다는 설계 조건을 내세웠다. 그러려면 길이 약 300미터에 폭이 약 70미터, 높이가 약 30미터는 되어야 가능하다.

또 차량 전체가 방사능이 전면 차단되어야 함은 물론이고, 심하게 파괴된 도로나 진흙에서도 자유로이 주행할 수 있도록 탱크처럼 캐터필러(무한궤도)가 장착되어야 한다. 또 차 안에서 바깥을 보는 유리도 방사능을 차단해야 하므로 특수 유리를 삼성코닝으로부터 연구 제작 납품을 받아야 한다.

현대모비스 측은 이미 대략 구체적인 기본 설계된 도면을 펴서 설명하고 현대중공업에서는 제작상의 문제점들을 설명해 주었다.

문제는 소요되는 비용이었다.

천문학적인 금액이 투입되어야 한다. 그러나 비용이 문제가 아니다. 우선 우방인 중국이 회생할 수 있도록 도와야 한다.

회의에 참석한 각 기업은 힘을 모아 당장 이 특수 차량 50대를 제작하기로 했다.

마오 주석과 정선달 선생은 연신 감사의 뜻을 표하고 외무 장관을 만나기 위해 정부종합청사로 향했다.

그렇게 급히 제작한 특수 차량 20대를 우선 베이징으로 보내야 하는데 수송이 문제였다. 워낙 거대한 차량이어서 일반 화물선에는 채 한 대도 실을 수 없다.

이북과 만주를 거치는 육로 수송을 고려해 봤지만 도로의 폭이 워낙 좁고 한강 대동강 압록강을 건널 교량이 또한 문제였다.

한국 정부는 고민 끝에 한국형 항공모함에 싣고 당진에서 칭다오까지 바닷길을 이용하여 수송하기로 하였다.

이 한국형 항모는 중국의 항모보다 훨씬 크고, 적재량도 30,000톤이나 되니 한 척에 특수차량 6대는 싣고도 남는다. 우선 항모 4척을 동원하여 총 24대의 특수차량을 보내기로 했다.

마오 주석은 통신 시설과 기타 모든 컴퓨터 시설이 파괴된 중국보다 서울이 업무를 보기에 훨씬 편리하여 명동의 중국대사관에서 복구업무를 관리 지시하였다.

칭다오 항구에 도착한 특수차량 24대는 무사히 베이징 시내로 들어가 작업을 시작했지만, 워낙 피해 지역이 넓어 50대는 더 있어야 원활한 복구작업이 가능하다는 현지 보고를 받았다.

마오 주석은 곧 한국 당국에 간곡히 원조 요청을 하고, 제작비의 지불보증을 중국 임시정부 수반으로서 확인해 주었다.

베이징뿐만 아니라 상하이와 광저우로 보낼 특수차량도 필요했지만, 재정이 없는 중국은 남한과 북한에 거의 모든 것을 의지하는 처지가 되어 버렸다.

더구나 중국 화폐 위안화는 이미 휴짓조각이 되어 한국의 원화가 중국의 공용화폐가 되어 있었다.

한국 조폐공사와 한국은행은 밤을 새워 돈을 찍어내며 수지계산을 정밀하게 하고 있었다.

중국이 한반도 특히 한국의 경제영토가 된 지 거의 일 년이 되어가고 앞으로 영구적으로 통합국가가 될 것이 틀림없어 보인다.

몽골은 어떻게 대한민국에 합병되었는지 살펴보자.

몽골의 드넓은 초원 밑 땅속에는 알다시피 엄청난 양의 철광과 니켈 크롬 등의 귀한 광석이 매장되어 있다. 이 광물질은 캐는 즉시 현금화할 수 있지만, 불행히도 국경이 중국과 러시아에 둘러싸여 수출할 방법이 없었다.

몽골의 주민들은 칭기즈칸 시대와 다름없이 유목생활을 하며 항상 굶주림과 질병에 지쳐 일찍 생을 마감한다.

외국에서 유학한 몽골의 정치 경제 전문가들은 이 엄청난 자원을 활용할 방법을 모색해 왔다. 결론은 사방이 가로막힌 육지보다 항구로 직접 광물질을 실어 내어 제 삼국에 수출하던지 자국의 기술과 자본을 확보하여 자국산 철강제나 기타 재료들을 생산하는 길이다. 그 역시 결국은 가로막힌 국경 문제로 귀착된다. 중국이나 러시아에 속국이 되지 않는 한 이 문제를 해결할 방법은 없었다.

그러던 중에 중일 핵전쟁이 일어나 중국이 대한민국의 경제영토가 되고부터는 포항제철, 현대제철 등의 10여 개 한국 제철업체들이 직접 몽골에 공장을 건설하고, 자재를 수송할 철로와 도로를 한반도와 중앙아시아를 거쳐 유럽으로 가는 길을 만들었다.

그렇게 잘 되어가던 몽골 내부에서 문제가 발생했다.

몽골 내의 부정부패와 빈부 격차가 너무 심해 권력자들이 언제 또 대한민국의 산업체를 축출할지 모른다는 불안감 때문에 차라리 대한민국의 일부로 합병을 원하는 혁명운동이 일어나 대한민국으로 합병이 되어 버렸다.

러시아의 바이칼호 주변이 대한민국의 일부가 된 연유는 좀 특이하다.

몽골의 경우와 전혀 다르다.

몽골은 지하자원과 중국합병 이후 동서남북을 연결하는 교통의 요지인 산업적 혜택으로 대한민국 일부가 되었으나, 바이칼호 주변은 그 연혁으로 따지면 약 3만 년 전 석기시대로 거슬러 올라가야 한다.

한민족 즉 조선족은 특이하지만 인류학에서는 몽골족의 일부로 구분한다. 그들은 몽골이 아닌 바이칼 호 주변에서 한 인류로 생존했다는 학설이 우세한데 그 주변의 원주민들은 아직도 석기시대나 별다름 없이 굶주림과 추위에 지친 삶을 살아가고 있다.

그들은 수만 년을 살아온 저항력 때문인지 오늘날까지 건재하지만 러시아 정부 입장에서는 인력 자원으로나 자연 자원으로 봐서도 아무 쓸모 없는 늘 귀찮은 존재다.

하지만 그 지방 사람들의 생김새나 언어, 풍습 등이 대한민국과 비슷하여 상당히 많은 한국 사람이 즐겨 여행하는 곳이다.

대한민국이 중국을 합병하여 세계 첫 번째로 크고 부유한 나라가 된 후, 높은 생활 수준 탓인지 옛 조상과 역사에 대한 관심이 높아졌다.

몽골을 경유한 철도와 도로를 이용해 그곳으로 자주 여행하게 되었고 한국사람이면 대부분 바이칼호를 여행해 봤고 모두가 또 가고 싶어 하고 그곳에 살고자 하는 이들도 많다.

또 그곳 여성들의 미색은 말로 표현하기 어려울 정도로 아름답고 화려하다. 아마 원래의 몽골족과 러시아에서 이주한 백인들의 혼혈이라 그런 듯 같다.

그곳 원주민 즉 원래의 한(조선)민족들의 언어가 지금의 조선말과 같은 우랄 알타이어 군에 속한다고 했는데 그곳의 언어에 우리말과 똑같은 뜻과 발음을 가진 말이 있다.

"엄마, 아빠"다.

특히 그곳의 아름다운 처녀들이 한국사람만 보면 반갑다는 인사로 "엄마, 아빠"라고 인사한다. 대한민국의 청년들은 너무도 반갑고 신기하여 "사랑해요"라는 말을 가르치며 친해지고, 말 그대로 서로가 말은 안 통하지만 사랑하게 된다.

바이칼호에 낚시와 사냥을 가거나 관광을 목적으로 갔다가 새 신부를 얻어 돌아오는 사람들도 많다. 그도 그럴 것이 한반도에는 이미 남성 인구가 훨씬 많아 외국인 신부를 맞이하는 것이 자연스러운 것이다.

이제는 바이칼 호 주변에 한국인 전용 모텔과 펜트하우스 및 상점들이 수없이 생겨나고 전용 백화점도 생겨나고 있다.

그곳 주민들에게는 석기시대의 삶에서 최신 문화생활을 하게 되었으니 얼마나 좋아하겠는가?

시베리아 지역에서 나는 천연가스와 석유를 대한민국령 중국지역으로 수출하는 즉 대한민국에서 수입해주는 조건으로 넘김으로써 러시아도 골치 아픈 문제를 한가지 덜게 된 것이다.

한국은 처음에는 중국을 흡수하여 영토와 인구가 너무 커져 관심이 없었으나 이미 이주한 조선족 때문에 할 수 없이 합병을 받아들이게 되었다.

물론 북한과의 협조가 잘 이루어지고 있고 남북한 정상의 친목과 상호 협조가 잘 이루어지고 있었기에 가능한 일이다.

이제 한국의 영토는 중국 전역은 물론이고 몽골과 시베리아 남부 즉 바이칼 호로부터 만주까지 저절로 들어오게 되어 그 지역민들의 생활 수준이 훨씬 높아졌고 모든 인프라 시설들이 건설되어 높은 생산성을 이룩하고 있다.

이제 한국은 세계지도에서 보듯이 세계에서 가장 넓은 영토를 확보하게 되었고 경제 수준도 함께 세계 최고로 높아졌다.

남북한 두 정상의 원대한 꿈의 결실이고 상호 이해와 정분으로 꿈과 민족정신이 함께 한 결과이다.

아~ 한반도.

그렇게 어렵게 굶어가면서 살더니 이제 세계 최고 최강의 나라가 되었구나. 한민족이 그렇게 우수한지 미처 몰랐구나. 한반도 거듭 축하한다. 그리고 고구려처럼 없어지지 마라. 영원히.

새로운 대한민국이 고구려처럼 망하지 않는 이유가 있다. 이것은 세계의 모든 경제 정치학자들이 인정하는 학설이다.

고구려의 경우 당시의 산업이나 경제구조가 지금과는 달랐기 때문이다. 또 그때는 중국과 몽골 일부가 우리 영토일 뿐이었지만 지금은 전 세계가 경제영토로 교역을 하기 때문이다.

몽골과 시베리아의 지하자원과 대한민국의 과학 기술과 중국 대륙의 소비가 세계 경제를 지배하는 구조라고 말한다.

위대한 대한민국이 이제야 그 진가를 발휘하는구나.

2050년의 위대한 대한민국

2050년 대한민국의 영토는 옛 고구려 보다 약 500배의 면적을 가진 세계 최강의 나라이다. 그 큰 땅을 총 한 방 쏘지 않고 한 명의 희생자도 없이 이룩했다. 한국인(조선인)의 의지와 기술력과 경제력이 만들어 준 결과이다.

지도를 보면 지금의 한반도는 위대한 대한민국의 수도국이고 모든 영토를 통제하는 곳으로 표기되어 있다. 또 일본 땅을 찾을 수 없다. 일본은 중국 항공모함 군단의 반격으로 20개의 원자폭탄 공격을 받아 섬 전체가 일시에 수몰되어 지도에서 일본이란 나라는 완전히 사라졌다.

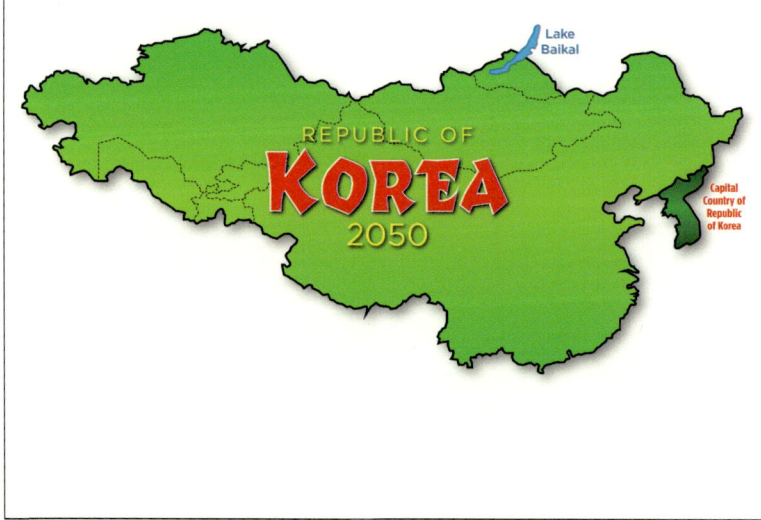

소설에서 인용된 산업체 및 대학교

두산중공업 원자로 및 해수 처리시설
대한항공 정비창
삼성전자
포항제철(포스코)
현대중공업
현대자동차
현대제철
한화그룹 태양열
미쓰비시중공업
대련(大連) 조선소
대한민국 공군사관학교
대한민국 해군사관학교
일본 해군·공군사관학교
중국 자오퉁대학교
중국 북경이공대학교(BIT)
중국 하얼빈이공대학교
중국 칭화대학교
산소피아(산소전문 소규모 기업체)

작가 소개

작가소개

정 석 화
Samuel W. Chung, Ph.D., PE

경북 영일군 연일면 출생
영남대학교 건축학과 학사
서울대학교 건축학과 석사
미국 시카고 소재 일리노이대학교 (UIC) 공학 박사
서울대학교 초빙교수 역임 (건축구조)
미국 유타대 토목 및 건축공학과 교수
미국 유타대 건축학과 명예교수
현 E & S SOLUTION 社 기술고문
현 미국 유타대학교 건축구조연구교수
한국 공군 장교 복무
미국 정부 FAA 개인용 비행기 조종사 및 조종교관
포항제철(포스에너지), 한국가스공사 기술고문 역임
일본 이시이철공소 기술고문 역임
논문 _ 구조역학, 복합재료, 풍력에너지 분야 등 다수
특강 _ 베이징 이공대학교(BIT), 상하이 자오퉁대학교,
　　　 대련대학교 이공학부, 하얼빈대학교 이공학부 등
항공 평론 _ 월간항공 정규 평론 기고
기고문 _ 서울경제, 매일경제, 한국경제, 문화일보 등 다수
산악인, 스케이트(쇼트트랙), 스키(활강) 상시 실습

PUBLICATIONS OF DR. SAMUEL W CHUNG

"A COMPARISON OF MEMBRANE SHELL THEORIES OF HYBBRID ANISOTROPIC MATERIALS", European Journal of Engineering and Technology, Vol.4 No.5, 2016, ISSN 2056- 5860, Chung, S.W., Hong, S.G.

"Compare and Contrast Bending Shell Theories of Hybrid Anisotropic Materials", International Journal of Composite Materials, p-ISSN: 2166-479X e-ISSN: 2166-49192017; 7(1): 8-19, Chung, S.W., Hong, S.G. and Mendenhall, D.A.

"Pseudo Membrane Shell Theory of Hybrid Anisotropic Materials", Journal of Composite Structures, Volume 160, Numberl, January 2017, Chung, S.W. and Hong, S.G.

"SEMI-MEMBRANE SHELL THEORY OF HYBRID ANISOTROPIC MATERIALS", European Journal of Engineering and Technology, Vol. 5 No.2, 2017, ISSN2056-5860, Chung, S.W. and Hong, S.G.

"A Shell Theory of Hybrid Anisotropic Materials",

International Journal of Composite Materials", p-ISSN: 2166-479X e-ISSN: 2166-4919, 2016; 6(1): 15-25 doi:10.5923/ j.cmaterials.20160601.03, Chung, S.W. and Park, S.M.

"Mechanics of VAWT", Modern Environmental Science and Engineering(ISSN 2333-2581), February 2018, Volume 4, No.2 pp., Doi 10.15341 m3se(2333-2581) , Academic Star Publication Co. 2018, Chung, S.W. and Ju, G.S.

"Details of Semi-Membrane Shell Theory of Hybrid Anisotropic

Materials" International Journal of Composite Materials 2018.8(3):47-56, Chung, S.W,, Hong, S.G. and Ju, G.S.,

"Pseudo -Membrane Shell Theory of Hybrid Anisotropic Materials", Journal of Composite Structures, Volume 160, 15 January 2017, Chung, S.W., Hong, S.G.

"Details of Semi-Membrane Shell Theory of Hybrid Anisotropic Materials" International Journal of Composite Materials 2018.8(3):47-56, Chung, S.W., Hong, S.G. and Ju, G.S.,

"A Comparison of Membrane Shell Theories of Hybrid Anisotropic Materials", European Journal of Engineering and Technology, Volume 4, No.5,2016

"Details of Semi-Membrane Shell Theory of Hybrid Anisotropic Materials" International Journal of Composite

Materials 2018.8(3):47-56, Chung, S.W., Hong, S.G. and Ju, G.S.,

"Details of Semi-Membrane Shell Theory of Hybrid Anisotropic Materials" International Journal of Composite Materials 2018.8(3):47-56, Chung, S.W. and Ju, G.S.

"Pure Membrane, Pseudo Membrane, and Semi Membrane Shell Theories of Hybrid Anisotropic Materials", Journal of Material Science and Engineering A 8 (5-6) (2018) 121-135, Chung, S.W., Hong, S.G., Ju, G.S.

"Semi-Membrane and Effective Length Theory of hybrid Anisotropic Materials,"

Samuel Chung, Gi Su Ju. Submission Date:

05/23/2017(MM/DD/YYYY) International Journal of Composite Materials, volume 7 (3), 2017: Contact Us: editor@sapub.org, ID: 110900221

"Applications of Pure Membrane, Pseudo Membrane, and Semi Membrane Shell Theories of Hybrid Anisotropic Materials," International Journal of Composite Materials p-ISSN: 2166-479X e-ISSN: 2166-4919, 2018; 8(4): 73-90

doi:10.5923/j.cmaterials.20180804.01 Chung S. W. . Hong S. G., Ju G. S.

"A Spherical Shell Theory of Hybrid Anisotropic Materials." International Journal of Composite Materials p-ISSN: 2166-479X e-ISSN: 2166-4919 2018; 8(4): 97-104, ID: 110900262, doi:10.5923/j.cmaterials.20180804.03   S. W. Chung , G. S. Ju

"A Mathematical Evaluation of HVAC Energy Recovery", IAJER Volume 2, Issue 11(November 2018), pp 20-23.   ISSN 2360-819X. Samuel W Chung, Jeong Je Jo

"Operation and Maintenance of HVAC System for Corona Virus", E35028 IAJER, June 2020

―
언론기고문

한국경제

[시론] 서울에어쇼와 한국경제

1996-10-29

많은 사람들의 눈길을 끌었던 서울에어쇼 96이 폐막됐다.
미국에서도 해마다 여름철이면 각처에서 에어쇼가 열린다. 그중 위스콘신주의 오쉬카쉬와 네바다주의 리노 비행장에서 개최되는 쇼는 가장 규모가 크고 개최기간이 길며 여러종류의 항공기가 참여하는 것으로 유명하다.
이에 비해 이번 서울에어쇼 96은 특이한 점이 많았고 매우 인상적이었으며 깊은 감명을 받았다. 행사에 참여한 각종 항공기나 곡예비행의 조종술때문이 아니다. 그 쇼를 계획하고 운영해온 당사자들의 치밀한 계획과 산업적인 전시및 상담의 장이 마련됐다는 점이 감명을 준 이유이다. 바로 이 점이 미국의 단순한 에어쇼와는 판이하게 달랐다. 새삼 우리나라 항공산업의 장래에 대해 확고한 신념을 가지게 한 계기가 된듯 하다. 덧붙여 중소기업이 참여할 수 있는 특별한 장소가 마련됨으로써 일상생활과 먼 에어쇼를 관람하면서도 퍽 친근감을 느끼기도 했다. 마치 유럽 어느도시의 뒷골목 시장을 거니는 기분이었다. 이렇게 세세한 면까지 배려한 에어쇼는 아마도 처음있는 일이 아닌가 싶다.
이번 쇼에서 가장 화제를 불러 일으켰던 것은 이미 알려진대로 러시아의 수호이 36기였다. 유체역학적인 동작이나 상승속도와 행동반경및 규모면에서 특이했기 때문으로 추측된다. 우리는 이런 것들이 무엇을 의미하는지 한번 검토해 볼 필요가 있다.
항공기 설계는 그 기종이 담당해야 할 기본방침(Design Criteria)부터 설정해야 한다. 그것은 마치 기업의 총수가 그 기업의 진로와 경영방침을 설정하는 것과 흡사하다. 전투기는 공중전에서 승리하는 것이 그 목적이요, 임무이다. 무대위에서 화려한 쇼를 연출하는 것은 전투능력의 부산물에 불과하다.
수호이 37이 보여준 유체역학적 묘기는 관중들의 인기와 갈채를 받기에는 충분했다. 그러나 고도로 발달된 전자교란장치(ECM)와 미사일등이 장착된 우리공군의 F-16이나 미해군의 F-14 F-15 F-18 앞에서 그렇게 유연한 공중동작이 과연 어떤 전투상의 가치가 있는가는 고려돼야 할 것으로 본다.

갑작스런 저속비행으로 기체를 거의 30도정도 치켜들고 수평비행을 해 마치 코브라 뱀과 같은 자세를 취한다는 의미에서 '코브라 비행'이라 불리우는 동작도 정도의 차이는 있으나 미해군 해병대 전투기들에게는 별로 특이한 묘기가 아니다.
동경만에서 정박중인 항모 인디펜던스호에서 성남비행장으로 직행 비행을 했다는 F-14조종사 존 수아조 미해군대위와 F-18조종사 크레이그 핸슨대위와 터놓고 얘기를 나눌 기회가 있었다. 만일 수호이 37의 공격을 받는다면 어떻게 방어하겠느냐는 질문에 "군사기밀에 관한 구체적인 사항은 말할 수 없지만 일반적으로 아무리 우수한 비행동작과 빠른 속도를 유지하는 전투기라도 우수한 전자장비가 없다면 상대가 안된다"는 대답이었다.
또 미국 몬타나주의 엘스워어츠공군기지에서 초음속으로 직행해온 B-1폭격기 조종사 제프 코코린 미공군대위는 "먼저 전자교란장치를 작동시키고 동시에 수호이 속도와 비슷한 최고속도로 도망을 가면서 인근 항모나 공군기지에 아군 요격기를 부르면 피해를 면할 수 있다."고 했다.
이번 행사중 우리 공군이 소유하고 있는 F-4 F-5 F-16기 앞에는 해당 조종사들이 직접 참관객들과 대화를 나누는 모습이 퍽 민주적이고 친밀한 인상을 줬다.
비행기 주인은 납세자들인 바로 우리라는 의미를 심어 주는 듯해서 흐뭇한 기분이 들기도 했다. 반면 러시아나 프랑스조종사들은 볼 수 없어 안타까움을 감출수 없었다. 또 한가지 2차대전과 6.25때 쓰여 추억을 되새겨주는 P-38, P-47, P-51 등 프로펠러 전투기 편대를 볼 수 없었던 점도 아쉬웠다.
특히 우리나라에서는 무스탕전투기로 알려진 P-51은 프로펠러로 만든 비행기로는 가장 우수한 것으로서 속도경기에서는 항상 최우수상을 받아왔다.
P-51을 조종한 우리공군의 영웅들이 건재하고 있을때 특별 초청쇼를 열어 보는 것도 의미있을 듯 하다.
현재 아시아지역에는 엄청난 항공산업의 시장잠재력이 깔려 있다. 중국과 시베리아의 자원을 개발하는 데 있어 무엇보다 먼저 해결돼야 할 과제는 항공수송이다.

아시아 개발용 중거리 여객기및 화물기를 빨리 우리손으로 설계 제작할 수 있기를 바란다.
이와함께 폭커(FOKKER)항공사 인수도 기술도입이란 견지에서 정부가
적극 장려해 주길 희망한다. 시코오스키 항공사가 추진하는 것과 같은 건설용 헬기를 차제개발 제작하는 일도 시급한 과제이다. 서울 등 도심지 고층건물은 이제 철골로 짓게 됐다. 그런데 철골은 공장에서 제작해서 도장작업까지 마친뒤 트럭으로 도심 공사현장으로 옮기고 크레인으로 이를 다시 끌어 올려 조립하는
복잡한 과정을 거쳐야 한다. 건설용 헬기를 이용하면 이 과정을 단순화할 수 있다. 머지않아 국내에도 건설용 헬기함대가 필요할 것이고 관련 전문 중소기업도 나타날 것으로 예상된다.
항공산업과 관련해서 중소기업이 참여해야 할 부분은 이밖에도 무수히 많다. 항공기 연료 저장및 관리사업, 연료저장탱크 건설업, 연료투입사업, 항공기세척및 청소사업, 부품제조업, 부품판매업, 기내식보급업, 항공기리스업 등을 꼽을 수 있겠다.
국회와 정부는 항공관련사업에 중소기업만이 참여할 수 있는 법안을 제정해 국가 경쟁력을 배양해야 한다. 이제 막 국내에서 새롭게 태동하려는 항공산업은 중소기업에도 뿌리를 내리기를 희망해 본다. 그러면 어떤 여건에서도 지금의 난국에서처럼 흔들리지 않는 기초를 확립할 수 있게 될 것이다. 아울러 98년 서울에어쇼는 더욱 광범위하고 기업적인 분위기속에서 진행될 것으로 기대한다.

한국경제

[시론] 영화 '진주만'과 反亞기류

2001-06-06

지난 5월 하순 마이클 베이 감독의 영화 '진주만'이 미국 전역에서 일제히 개봉돼 사흘만에 7천5백만달러 이상의 수입을 올렸다는 디즈니랜드사 발표가 있었다.
미국에선 이번 여름 3개월간 미 전역엔 에어쇼가 개최되어 복고적인 공중묘기와 모의 공중전이 연출된다. 이 행사는 일본해군 제로전투기와 미해군 P-47기가 공중전을 펼치는 것이 가장 볼만한 구경거리가 된다.
이 에어쇼를 통해 영화 '진주만'은 무료광고 효과를 얻게 될 것이고,이에 힘입어 관람객수는 영화 '타이타닉'을 훨씬 능가할 것이라는 게 업계의 예상이다.
그러나 영화 '진주만'은 미국에 사는 아시아인,특히 일본계 미국인들에게 시련을 안겨 줄 것으로보인다.
제2차 세계대전 당시 미국 정부는 캘리포니아주에 몰려 살던 일본인들의 재산을 몰수하고 집단수용한 뒤 외부출입을 금지시킨 적이 있었다. 미국은 이들에게 최근에 와서야 보상을 했지만,대부분 희생자는 이미 세상을 떠났다. 그런데 반세기가 지난 오늘날 '진주만'이 상영되자,샌프라시코에 있는 '일본계 미국시민연합회'에는 적개심 가득 찬 전자메일이 쇄도하고 있다고 한다.
지난 4월 미해군정찰기 EP-3와 중국전투기의 충돌사고가 발생,불시착한 24명의 미군이 11일간중국에 억류됐다 풀려난 사건을 계기로 미국인들의 동양인에 대한 감정이 곱지 않다. 이 충돌사고에 대해 대부분 미국인들은 '국제영공에서 합법적으로 임무를 수행하는 미국 정찰기에 중국의 최신예 전투기가 카우보이 또는 핫도그(Hot Dog)라 불리는 위협적인 비행으로 접근하다 발생한 것'이라고 믿고 있기 때문이다.
중국의 군사력은 일반정보에 나타난 수치로만 봐도 막강한 힘을 갖고 있다. 하이난다오의 충돌사고로 희생된 F-8 전투기 속도는 음속의 두배가 넘는 마하2.2를 과시하고 기동성이나 무장면에서 세계의 어느 전투기와도 대적할 수 있는 능력을 갖추고 있다. 셴양의 항공사에서는 이 최신 전투기를 제작,자국 군사력증강은 물론 제3국에도 수출한다는 정보가 있다.

중국해군의 초중량급 루후루다 구축함도 막강한 화력을 갖추고 있다. 따라서 극동지역에서만은 미국 태평양함대와 공군력이 중국에 비해 열세다. 수적으로나 화력으로나 힘의 균형이 깨지고 있다. 그런데다 중국은 이달 중 대만 주변 섬의 기습점령과 미국 항공모함에 대한 공격을 초점으로 하는 대규모 군사훈련을 준비하고 있다.

이 훈련엔 미사일 여단은 물론 수륙양용탱크여단, 잠수함과 첨단 전투기 등 정예부대와 최신 무기가 총동원된다. 미국인들에게 일본인, 중국인은 그리 유쾌한 상대가 아니다. 문제는 한국인들도 그 범주에 포함될 처지에 있다는 것이다. 우리가 지리적으로나 문화적으로 극동아시아권에 속해 있음은 누구도 부인할 수 없다. 때문에 우리도 그대로 혐오의 대상으로 전환될 가능성이 있다. 이러한 아시아인에 대한 혐오감은 일반 소비자들의 감정을 자극시켜 자동차나 컴퓨터 등의 판매에 차질을 가져올 가능성이 있다. 또 일반 선거권자의 감정은 그대로 미국정부 정책에 반영돼 그동안 각 주정부나 정부관련 업체및 항공기 제작사 등에서 아시아국가들로부터 구매하던 품목을 중지하거나 감축할 가능성도 배제할 수 없다.

미국정부는 오래 전부터 소수민족 보호정책의 하나로 정부구매의 25%에 해당하는 금액을 소수민족 소유기업에 할당하는 것을 법으로 정해 실천해 왔다. 우리 교포 기업인들도 그 혜택을 활용해 성장해 왔다. 그러나 아시아인의 우수성을 질시하는 일부 정치인들이 그 보호정책에서 아시아인을 제외시키자는 주장이 있었고, 이번에 다시 그런 주장이 나올 가능성이 높아지고 있다.

정부에서는 우리나라가 지리적으로 극동에 위치하고 있기는 하나, 일본도 아니고 중국도 아닌 한국전쟁의 희생국임을 외교·문화적으로 적극 홍보해야 한다. 그리고 북한과 산업 및 군사적 동맹관계를 맺는다면 중국의 막강한 군사력을 견제하려는 미국의전략에 도움이 되어 통일을 앞당기는 데 도움이 될 수도 있다.

MK 뉴스

[기고] 비행기 조종사의 꿈

2006.06.21

모처럼 제작한 항공영화 '청연'이 막대한 제작비에도 불구하고 큰 성공을 거두지 못했다는 소식을 들었다. 반면 그보다 8개월쯤 전에 나온 미국영화 '에비에이터 (Aviator)'는 다수의 영화상을 받았음은 물론이고 상영 일주일만에 기록적인 관객을 이끌었다.

두 영화 모두 1930년대 초창기 항공에 대한 스토리인데 어디에서 문제가 있었는지 한번 검토해 볼 필요가 있다. 청연에 나오는 비행기나 그 비행 거동이 현대식 전투기에 비해 엉터리였다는 평가도 있었지만 결정적으로는 두 나라 국민들의 일반적인 항공에 대한 관심이나 지식에 엄청난 차이가 있다는 점이다.

한국에는 일반항공(GENERAL AVIATION)이 거의 없다. 반면 미국에는 어느 비행장을 가더라도 반드시 일반항공 구역이 따로 있어 소형 개인용 비행기가 있는 것을 볼 수 있을 뿐 아니라 200마일 거리 이내에는 다른 비행장이 있어 대륙 어디에서든지 횡단 비행이 가능하다.

항공 분야를 크게 여객·상업용, 군사전투용, 일반항공용으로 구분할 수 있다. 여객기나 군용기 조종사에게는 전혀 자유 비행이 허용되지 않는다. 그러나 일반 개인용 항공기 조종사는 특별히 지정된 비행금지 구역이 아니면 어디든지 갈 수 있고 지상 3,000피트 상공에서 아름다운 자연을 내려다보며 감상할 수도 있다. 또 비행중에 떠오르는 갖가지 생각을 글로 써서 발표할 수도 있다. 그러므로 개인용 비행기 조종사에게는 멋이 있다.

초창기 조종사였던 프랑스의 생텍쥐베리나 대서양 횡단 비행에 성공한 찰스 린드버그의 부인 앤 머로 등 많은 조종사들이 작가로서 더욱 값진 역할을 한 것은 잘 알려진 사실이다. 특히 앤 머로는 1930년대 뉴욕의 모건 트러스트 대주주였던 아버지의 도움으로 남편 린드버그의 부조종사 겸 항법사로 뉴욕에서 출발해 알래스카의 배로와 러시아 캄차카반도, 일본의 홋카이도 등을 거쳐 중국의 양쯔강 상류까지 비행한 적이 있고 그 비행일지를 적은 '동양으로 가는 북방북서 비행

(North to The ORIENT)'이란 책을 내 인기를 끌었다.

우리나라에도 일반항공이 있었다. 초창기의 안창남은 물론 김영수, 김경오, 정만영 등은 굳이 군사조종사가 되기를 거부하고 어려운 경제여건에서도 일반항공에 뛰어들어 교육과 홍보에 힘썼으나 미국에서 도입한 초현대식 전투기에 그 빛을 잃고 오늘날 항공 후진국이 되지나 않았는지 검토해볼 만하다.

많은 경제인 중에서도 열광적인 일반항공 조종사를 자주 만날 수 있다. 월마트의 창업자 샘 월튼은 물론 마이크로소프트 설립자 중 한 사람인 폴 앨런 외에도 많은 부자들이 겸허한 마음가짐으로 항공의 멋을 즐기며 살아왔다. 이제 우리도 우주비행사를 보낼 때가 되었고 우주비행사 모집에 수많은 지원자가 몰리고 있다고 한다. 앞으로 항공 관련 저변인구가 늘어나야 국민적 지지를 받을 수 있다. 그리고 우주비행을 상업적인 광고에 치우치지 말아야 하고 나라 장래를 위해 헌신할 수 있는 겸허한 마음가짐이 있어야한다.

인류 최초로 달 표면에 도착해 광석을 캐어 온 암스트롱이나 우주셔틀 애틀랜티스 선장을 맡았던 프레스콧 공군대령 등은 미국 전역을 다니면서 고등학교 학생들에게 이공계 지원을 장려하며 장학금을 지급하고 있는 것은 한번 살펴볼 만한 일이다. 미국에 우주비행사들은여러가지 측면에서 적극적인 사회적 기여 활동을 통해 존경을 받고 있다.

미국에는 곧 에어쇼 철을 맞아 전국 비행장은 연중 행사로 각종 묘기와 최신 전투기의비행을 관람할 수 있다. 오슈코시 쇼와 리노의 비행기 속도 경기는 볼 만하다. 우리도 서울뿐만 아니라 지방에서도 이런 에어쇼를 자주 개최할 수 있어야 한다. 푸른 하늘을 날려는 청연의 꿈이 있는 한 우리 항공산업 미래는 밝기만 하다.

MK 뉴스

[기고] 하워드 휴스의 '야성적 충동'

2006.08.07

컴퓨터 분야의 빌 게이츠와 스티븐 잡스, 건축가 프랭크 로이드 라이트, 비행기 조종사 하워드 휴스, 철강왕 앤드루 카네기, 발명가 토머스 에디슨 등은 당대 세계적 인물이다.

이들에게는 한 가지 공통점이 있다. 그 누구도 대학을 졸업하지 못했다는 것이다. 또 다른 공통점이 있다면 자기가 하는 일에 목숨을 걸다시피 몰두해 그 일에 성공하였고 자산이나 명성은 그 다음에 자연스럽게 따라왔다는 것이다.

젊은 시절 샌프란시스코 거리에서 떠돌이 노숙자 생활을 하던 스티븐 잡스는 천재적인 두뇌를 가지고 매킨토시 컴퓨터를 창업해 기록적인 성공을 거두었지만 그의 타고난 외골수 천성 때문에 깊고 넓은 통찰력을 가진 빌 게이츠에게 영광을 빼앗기고 다시거리에 나앉았던 시절이 있었다.

또한 건축가 라이트는 고등학교 졸업장도 없는 처지에 프랑스 유학 출신인 쟁쟁한 건축가들에게 늘 열등감을 가지고 남 모르는 노력을 쌓았다. 그 결과 세계적인 건축가로서 인정을 받게 되었고 그의 유명한 '초원의 집(Prairie House)' 건축 양식은 산이 없는 미국 중서부자연과 절묘하게 조화를 이룬 미국적인 아름다움이 있었다.

이들 저명인사 중 세상에서 잘못 알려진 사람이 바로 하워드 휴스다.

일반사람들은 휴스가 생전이나 현재에도 그저 아버지에게 유산을 물려받은 세계에서 가장 큰 부자고, 웬만한 여배우라면 그의 품을 거치지 않은 여자가 없었으며, 비행기 스피드광인 소위 재벌 2세 플레이보이로만 알려져 있다. 물론 그 모든 것이 틀린 것만은 아니다. 그러나 휴스만큼 자기가 하는 일에 목숨을 바쳐가며 몰두했고 그만큼 오늘날 미국 항공·군사기술에 이바지한 개인은 없다.

1905년 석유 시추봉 끝에 최적 각도로 다이아몬드를 사용하는 굴착기를 개발하여 거부가 된 아버지의 외아들로 태어나 그의 나이 20세가 갓 넘었을 때 비행기 조종사 면허를 취득하고 LA로 거주지를 옮겨 물려받은 휴스공구사 외에 휴스항공사, 휴스전자, 휴스헬리콥터 등 신기술 제작회사를 창업·경영하는 외에도 유명한 MGM영화사, TWA항공사 등을 확장·운영하면서도 라스베이거스 부동산 개발에도 많은 투자를 하여 1968년에 포천 잡지사에서 선정하는 미국 최고 자산가에 올랐다.

한 개인이 비행기 조종에 그렇게 몰두하면서 하는 일마다 모두 성공을 거두었다는 것은 거의 불가능한 일이라 볼 수 있다.

그는 당시 H1이란 단발 프로펠러기를 설계·제작하여 직접 시험 조종해 세계 속도 기록을 세웠다. 당시 모방에 특출한 일본 해군이 H1을 전투기로 만든 것이 진주만 공격시 사용된 제로 전투였다. 또한 록히드14기를 개조하여 조종해 뉴욕에서 파리를 16시간에 날아 10여 년 전 린드버그가 세운 기록을 반이나 줄였고 거기서 세계일주 비행을 사흘 안에 완성해 세계기록을 세웠다.

TWA항공사에서 사용한 4발기 콘스텔레션기를 개조해 압력객실을 처음으로 시도하여 더 빠르고 쾌적한 여행을 하는 시초가 되었으며, 현재 3만6000피트 고공비행을 하는 데 필수적인 장치다.

그는 또한 미국 공군에서 2차 세계대전과 한국전에 사용한 쌍발전투기 P-38 시초가 되는 XL-11은 각 엔진에 이중 프로펠러를 개발·장착하여 당시 비행속도 기록을 자체 개량하는 시험비행중 엔지니어 경고를 무시해 LA 주택가에 불시착하여 목숨을 잃을 뻔한 사고도 있었다.

그 뿐인가. 휴스가 창안한 헬리콥터 크레인은 80t 무게를 들어올려 이동시키는 작업을 가능하게 했고 1969년 암스트롱 등이 달에 착륙하기 전에 서베이어 1호를 창안·제작하여 착륙예정지 사진을 자세히 촬영·송부했으며 오늘날 미국 우주항공·로켓 기술의 기초를 다진 사람이다.

휴스가 남긴 수많은 업적 중 가장 거대한 프로젝트로 인류가 지금까지 만든 비행기 중 가장 큰 기종인 스프루스 구스는 그의 꿈과 야심을 담은 최고 결정적인 산물이다. 우리나라 자동차업체 대표는 휴스 생애와 사상에서 배울 점이 아주 많다.

휴스와 같이 모든 것을 내걸고 세계에서 가장 좋은 차를 만들겠다는 대표자의 꿈과 야심이 없으면 절대로 일본 차를 앞지를 수 없다. 또한 이러한 개인적인 운명과 민족 장래를 하나 되게 결부시켜 노력할 수 있는 여건을 우리 모두가 만들어주어야한다. 만인 앞에 공정하다는 법률이론으로 민족의 꿈과 번영을 꺾는 어리석은 판단을 고쳐줄 현명한 법관이 어디엔가 있을 텐데.

MK 뉴스

[이렇게 생각한다] 탑건을 우주인으로 보내라

2007.01.16

얼마 전 한국 최초 우주인 선발 결과를 보고 매우 특이한 선발이라고 느껴진 것은 아마도 항공 분야에 종사하는 대부분 인사들의 공통된 느낌이라고 생각된다. 그것은 전투기 조종사가 한 사람도 없었고 선발된 두 사람은 비행기 조종 경험이 전혀 없는 과학과 수학 분야 인재라는 점이다. 먼저 어려운 관문을 거쳐 선발된 두 분에게 축하 말씀을 전한다. 물론 선발 기준이 복잡하고 매우 엄격하게 치러졌을 것이지만, 우주항공 분야 선진국이나 또는 우주비행이 고공을 난다는 견지에서 볼 때 조종 경험이 필수적인 것은 쉽게 알 수 있는 일이다. 선진국의 최초 우주인 경력을 한번 살펴보자.

미국 '존 글렌', 러시아 '유리 가가린', 중국 '양리웨이' 등은 모두가 전투 조종사였다. 여기서 전투 조종사란 전투 그 자체보다 상대방 사격을 피하기 위해 빠른 속도로 상하좌우 선회 비행을 재빠르게 수행하는 조종 기술을 의미하며, 그러기 위해서는 탁월한 판단력과순발력 그리고 고도의 지성이 있어야 가능하다.

비행생리학에서는 지식과 지능을 구분하고 있다. 지능은 탁월한 판단력이 있어야 하고 그런 면에서 전투 조종사는 일반 조종사보다 다른 고도의 지능이 있어야 성공할 수 있다. 예를 들어 영화 '탑건'에서 보여준 민첩함을 말한다.

각국에서 선발된 최초 우주인들은 모두가 10년 이상 전투 조종 경험이 있고, 한결같이 숭고한 애국심을 간직하고 있으며 비행기 조종을 자기 생명처럼 사랑하는 사람들이었다.

미국 최초로 무중력 궤도를 비행한 머큐리호선장 '존 글렌'은 미 해병대 전투 조종사였고, 인류 처음으로 달에 착륙한 아폴로 선장이었던 '암스트롱'은 미해군 전투 조종사였다. 아폴로호 부선장이었던 '알드린' 박사 역시 미 공군 전투 조종사로서 한국전에서 F-86을 몰고 66회나 출격했고 미그-15기를 두 대나 격추하는 기록을 세웠다. 미국 우주선 아틀란티스호를 플로리다주에 있는 케네디우주센터에서 쏘아올려 이미 지구의 무중력 궤도를 선회하고 있는 러시아 미르 우주선에 연결하는 도킹임무를 성공적으로 수행한 찰스 프레스코 선장 역시 미 공군 중령으로서 F-16과 F-15를 조종하며 러시아 수호이 전투기들과 전투태세에서 충돌 직전 상황에까지 이른 적이 있는 전투 조종사였다.

전투기를 조종하는 특수비행 기술을 몇 가지 열거해 보자.

엔진을 최대로 출력시켜 거의 수직으로 상승비행을 한다든지, 음속의 3배로 하강비행을 하면서 날개를 거의 75도로 기울이고 반대 방향으로 회전하는 묘기라든지 또한 비행기 한 대는 수평으로 날고, 다른 한 대는 비행기 아래 위로 회전비행을 초음속으로 진행하는 묘기는 타고난 지능과 지성이 없으면 불가능한 일이다.

이 모든 것은 우주비행과 직결되어 있다. 이런 기초적인 훈련이 전혀 없는 사람을 우주에 보낸다는 것은 마치 자동차 운전을 한 번도 해보지 않은 사람에게 열쇠를 맡기는 것과 같다. 여기에 우리 전통 유교사상, 즉 복잡한 방정식을 풀어내는 과학자는 존경하고 실제로 비행기를 조종하는 행동주의자는 무시하는 관념이 혹시 없었는지 또는 우리 조종사를 훈련시키지 않고 계속 다른 나라 로켓에 의존하려는 의지가 숨어 있었는지 한번 검토할 필요가 있다.

지금도 늦지 않았다. 답건을 보내라.

한국경제

[기고] 힐 공군기지의 에어쇼

2009-06-26

바야흐로 에어쇼 시즌에 접어들었다. 미국은 해마다 여름이 시작되면 여러 비행장에서 에어쇼가 열린다. 동계올림픽이 열렸던 솔트레이크 시에서 북쪽으로 가면 미 공군의 주력기 F-16 훈련기지이며 거대한 수리창인 '힐'공군기지가 있다. 그곳에서 열린 올해의 에어쇼는 좀 특이했다. 예년과 달리 시민들을 무료 입장시켰고 미그15기와 미 해군의 T-2 전투기 간 실전을 방불케 하는 공중전이 있었다.

미 공군의 주력기는 아직까지 F-16과 F-15기다. F-22기는 쇼에 참여하긴 했으나 일반인의 관람은 허용치 않았고 멀리서만 볼 수 있게 했다. F-15기의 조종사 메그넘 대위는 F-16기와 모의공중전을 치러 봤지만 작은 기체가 너무 빠르고 민첩하여 도저히 잡을 수가 없었다고 한다. 그만큼 F-15는 크고 무겁다. 그러나 전자 장비로 가시거리보다 훨씬 먼 지점에서 로켓트를 발사하기때문에 구태여 민첩한 동작이 무슨 필요 있느냐는 것이 그 설계 조건이었다.

전통적으로 미국 전투기들은 크고 무거워 기동성이 떨어졌다. 조종사의 안전이 가장 중요한 설계지침이었기 때문에 이중 삼중의 안전 장치를 갖추다 보면 비행기는 무거워지고 그 무게를 지탱하기 위해선 엔진출력을 높이는 방법밖에 없으니 자연히 기동성을 희생하는 방법을 택했을 것이다. 기동성이 떨어지는 대신 우수한 무기와 전자 장비를 갖추고 조종사 교육을 철저히 했다. 한국전 당시 항공역학적으로 보면 소련의 미그15기가 미국의 F-86보다 우수한 전투기였지만 F-86이 3배의 격추율을 보여줄 수 있었던 이유는 우수한 무장장비와 조종사 자질에 있었다는 평이다.

월남전 막바지에 미 공군은 주력기였던 F-104, F-105가 미그17기에도 격추되는 치욕을 당했고 전투 조종사들은 무겁고 큰 F-104에 '미망인 제조기'란 별명을 붙였다. 그때 보이드 중령 등영관급 장교들이 "획기적인 새 전투기가 없으면 미 공군은 계속 추락하게 될 것"이라고 경고하고 "국방성의 늙은 장군들은 전역 후에 갈 곳이나 찾는 무용지물"이라고 주장하다 결국 전역을 당했다. 보이드 중령은 전역을 당한 후에도 조지아 공대에서 연구를 계속해 소규모 경량 전투기를 생산하는데 이바지했다. 그렇게 만든 것이 F-16 이다. 북한이 내세우는 미그23보다 한 세대 앞선전투기다. 북한은 제대로 비행 훈련도 못 했고 정비도 안된 미그23으로 우리군이 갖춘 F-15, F-16에 말 장난을 걸고 있다.

서울경제

[시론] 미그-15기의 어제와 오늘

2010-06-25

전쟁은 언제나 참혹한 인류의 희생을 강요하지만 또 과학기술의 획기적인 발전을 이루기도 한다. 임진왜란 7년 동안 개발된 각종병기를 우리는 잘 알고 있다.

2차 세계대전을 겪으면서 육군과 해군에 소속된 항공대가 중요성을 감안해 공군이라는 새로운 분야로 탄생하며 오늘날 육해공군 및 해병대로 편성됐다. 영국·미국·일본은 대형 항공모함을 개발해 작전에 큰 공적을 이뤘고 독일은 미국의 해상수송만 차단하면 전쟁에 이길 수 있다는 히틀러의방침 아래 항공모함 개발을 중단하고 잠수함대를 개발 편성해 U보트라는 별명으로 미 해군의 수송함에 치명적인 공격을 감행했다.

한국전쟁 후반기 무적 폭격기

미국은 고공장거리 폭격기 B-29를 개발해 일본 전투기가 올라오지 못하는 고도를 날아 융단폭격을퍼부어 일본의 군수산업과 도시를 완전 파괴했고 일본은 요즘의 자살테러를 조직화한 자살 특공대로 맞서 싸웠으나 그 한계를 실감하고 항복했다. 또 미군은 P-51이라는 소형고속 전투기를 개발해무적항공대라는 전과를 올렸지만 그 역시 고도가 2만피트를 넘으면 속도가 떨어지고 3만피트를 넘을 수 없었다.

그때 각국에서 개발한 것이 제트엔진이다. 그 중 제트엔진과 더불어 로켓과 제트엔진 기술을 가장먼저 개발한 독일이 제트전투기를 처음으로 실전에 사용했으나 항속거리가 짧아 실패한 기록이 있다.

전쟁이 끝나고 소련이 먼저 이들 기술자를 납치해 모스크바 연구소로 데려가 역사상 처음으로 효과적인 전투기를 개발한 것이 MIG-15기이다.

한국전쟁 후반기 미군은 제공권을 완전 장악해 북한에 무차별 공격을 감행할 수 있었다. 공군의P-51기와 해군의 항모기 '코세어'의 보호하에 B-29기가 무적의 하늘을 마음대로 날고 있을 즈음 갑자기 음속에 가까운 속도로 공격해 오는 MIG-15기에 프로펠러 전투기 P-51과 코세어는 방어할 조건을 갖추지 못하고 거의 반이상 격추됐다. 가장 희생이 많은 기종은 크고 느린 B-29폭격기였다.전세계가 경악했고 타임지를 비롯한 세계 모든 언론이 MIG-15기의 사진과 함께 그 전투성과를 표지에 담았다. 그때까지 보지 못했던 36도로 뻗은 후퇴익에 약간 짧고 통통한 몸체며 하늘높이 솟은수직뒷날개는 전투기이기 전에 하나의 아름다운 조각품이다. 우리공군이 가졌던 무스탕기 F-51역시 그렇게 아름다울 수가 없다.

예술과 항공역학에는 아무런 연관성이 없건만 우수한 전투기는 아름답기만 하다. MIG-15기는 이제전투기가 아니고 일반항공 조종사들이 즐겨 타는 스포츠기이다. 미국에서는 해마다 수백대를 수입해 계기를 바꾸고 전면 점검을 한 뒤 애호들이 즐겨 조종한다. 음속에 가까운 속도도 낼 수 있으나 공중전에서 하듯이 급선회를 하면 실속해 중심을 잃고 조종을 반영하지 못하는 위험이 있으니절대로 전투비행은 못하게 한다. MIG-15기는 더욱 개발돼 MIG-17, 21, 23, 25, 31까지 생산되고 있다고 한다.

이젠 전투기 아닌 스포츠기

당황한 미 공군에서는 MIG-15기를 조종해 귀순하는 조종사에게는 당시로서는 거액인 십만달러와미국시민권보장 및 일류대학진학을 제의 공포했고 이를 받아들여 귀순한 폴란드의 '프란시셰크 야레츠키'와 북한의 '노금석' 대위가 있었다.

곧 비슷한 후퇴익 전투기 F-86이 나왔으나 속도와 행동반경 상승고도 등 여러 면에서 MIG기의 적수가 되지 못했다. 그래도 F-86이 3대1의 우위를 보여줄 수 있던 이유는 미 공군의 우수한 조종사와작은 직경의 속사포를 사용한 기관총을 사용했기 때문이라고 한다.

이 모든 전투기들이 무장을 떼어버리고 평화스런 창공을 즐겁게 날 수 있고 서로 상처를 주지 않고순수 모의 공중전을 태권도 겨루기처럼 올림픽 종목이 되는 날을 기대해본다.

MK 뉴스

[열린마당] 선밸리의 雪景과 새해 소회

2011.01.03

해마다 마지막날과 새해 첫날이면 미국 아이다호주의 조그만 마을 선밸리(Sun Valley)에 있는 '숲과 강(Wood River)' 호텔에서 새해에 할 일들을 생각해 볼 시간을 갖는다.

별로 화려하지도 않고 비싸지도 않으면서 깨끗하게 정돈된 이 호텔은 노벨문학상을 받은 헤밍웨이가 말년에 즐겨 살던 곳에 있다. 그가 명작 '누구를 위하여 종을 울리나'와 '에덴의 동산' 등 작품을 준비한 곳이기도 하여 1년 동안 시간에 쫓기며 살아온 내 인생을 며칠이라도 쉬어주고 좋아하던 문학을 맛볼 수 있어 해마다 빠지지 않고 온다.

선밸리는 헤밍웨이 문학으로만 유명한 곳이 아니다. 이곳 노천 스케이트장에는 해마다 피겨스케이트 올림픽 메달리스트 미셸 콴이 온다. 밤늦게까지 시내 밤 거리를 이곳저곳 다니다 피곤해져 깊은 잠을 자고 나면 호텔 뒤 숲은 백색 천국으로 완전히 변해 별천지가 바로 눈앞에 펼쳐진다. 곧 차를 달려 스키장으로 가본다. 스키어들에게는 선밸리가 마치 스키의 본고장처럼 느껴진단다. 난 느렸다 가팔랐다를 반복하는 슬로프를 마음껏 달리고 달린다.

모처럼 틈을 내어 '세스나182'기로 바로 밑 동네 헤일리 비행장에 착륙했고, 거기서 이 동네에 사는 비행기 조종 교관 로버트를 태우고 이륙하여 주변 산 위를 날아보았다. 아래로 펼쳐지는 동네를 보며 교관이 이곳저곳을 알려주었는데 산중턱 별장은 배우 더스틴 호프먼 것이고, 그 옆 별장은 미국 저명 배우 누구누구의 것이고 하면서 이름을 열거하였다. 1900년대 유니언 철도회사가 처음으로 동서 관통 철도를 이곳으로 지나치게 했는데, 수려한 경치에 탄복하여 당대 최고 인기를 누리던 존 웨인, 캐서린 헵번 등의 별장을 유치하면서 미국 영화계의 전통이 되었다고 한다. 그러고 보니 시골 조그만 비행장에 회사용 제트기가 20여 대나 머물고 있는 이유는 이들 배우의 개인용 전용기였기 때문이다.

선밸리 가을 경치는 서투른 글솜씨로는 감히 표현하지 않는 것이 나을 것 같다. 그 정도로 아름답다. 넓지는 않으나 깊은 물속 밑바닥이 환히 보이는 그 깨끗함.

그 강물이 우거진 나무 숲속으로 흐르고 또 흐르는 그곳에 나는 늘 새해가 되면서 있게 된다.

새해에는 하고 싶은 일이 한 가지 있다. 전공 연구시간에 쫓겨 문학 습작을 정리하지 못한 것을 정리하고 마감하여 수필을 완작하련다. 그 작품을 신춘문예에 발표해 보고 싶다. 문학인들의 고등고시라 부르는 신춘문예에 감히 도전하는 그 용기가 돋보인다고 격려하는 지인도 있다.

사람들이 좋아하는 일을 찾았을 때 자연스럽게 그 일을 해 나가는 것처럼 나도 그렇게 살고 싶다. 주저할 것도, 부끄러울 것도 없이, 그저 조용히 내 인생을 펼쳐내 걸어볼 일이다. 선밸리에서의 새해 새날. 하늘은 이처럼 맑고 푸르다. 깊게 호흡하며 맑음과 푸름을 흰눈 속에서 가슴 깊이 넣어본다.

서울경제

[기고] 지진피해 대비하기 나름이다

2016-09-19

지난 12일 경주에서 일어난 지진이 한반도 전역을 진동시켰고 국민 거의 모두가 심한 진동을 느꼈다.

강도 5.8까지 올라간 지진파에 비해 인명피해나 건축물의 파손 정도는 놀랄 만큼 낮았다고 본다. 20여년 전 이란에서 진도 6.0이 조금 넘는 지진에 수만 명이 희생됐고 중국·네팔 등지에서도 비슷한 불상사가 난 것을 우리는 기억하고 있다. 왜 상대적으로 안전했을까. 운이 좋았을까.

우리는 삼풍백화점 사고, 성수대교 파괴 등의 혹독한 경험으로 구조물 안전의 중요성을 깨우쳤고 기존 건물의 안전 진단과 신규 건물의 안전 설계 시공을 꾸준히 실행해온 노력의 결실이라고 생각된다.

건설 분야의 나쁜 관행처럼 돼온 부실시공이 많이 줄어든 영향도 있을 것이다. 기본 설계에서부터 원자재 제조, 부재 가공, 부재와 부재의 접합부에 대한 역학적 검토 등 많은 과정을 철저히 검토하는 건설문화가 어느 정도 형성됐기에 가능한 일이다.

또 운이 좋았다고 볼 수도 있다. LX한국국토정보공사(옛 대한지적공사) 공간정보연구원 발표에 따르면 이번 지진으로 한반도가 전체적으로 동쪽으로 1.4㎝, 남쪽으로 1㎝, 위로 1.6㎝가량 이동했다. 우리나라의 아파트는 대체로 남향이라 남북 방향에 비해 동서 방향이 길어 피해가 적었다는 분석이 있다.

구조물의 주된 자재를 콘크리트, 철골, 벽돌 및 목재로 크게 분류할 수 있다. 이 중 지진과 같은 주파수가 높은 진동에는 벽돌과 같은 조적식 구조가 매우 약하다. 또 콘크리트 구조도 강도와 탄성계수를 보면 매우 약하다. 불행히도 대부분의 주거건물이 콘크리트 구조다. 철골은 자체 부재의 부식 외에도 용접과 볼트 등의 연결에 문제가 없는지 철저히 조사 진단해야 한다.

이번 지진이 건축구조물에 끼친 피해를 결산하기에는 아직 시간이 더 걸려야 한다. 콘크리트 구조의 경우 비전문가들의 육안 검사로 균열 여부만 보고 판단해서는 안 된다. 육안으로 보이지 않는 미세균열이 이미 생겨 있고또 균열이 없더라도 강도가 약해진 곳이 없는지 전문기관에 의뢰해 철저히 조사 진단해야 한다. 또 앞으로 주기적으로 검사해 파괴사고를 사전에 예방하는 것이 더욱 경제적이다. 정부기관에서 인정받은 안전진단 업체에 의뢰해야 한다. 그리고 정부기록에 따른 20분의1초마다 변하는 지진 강도를 구조물 요소에 적용해 나오는 응력 계산을 하는 타임히스토리 해석법이나 한 단계 더 나아가 주파수별로 가장 위험한 스펙트럼을 찾는 주파수 스펙트럼 해석법 등을 적용한 동력학 해석을 철저히 시행해 가장 약한 곳을 발견해 보강해야 한다. 다가오는 2018년동계올림픽에 사용할 대공간 돔 건물에는 더욱 철저한 검증 설계 시공이 절실히 요청된다.

미국의 경우 대통령 직속기관인 연방재난관리청(FEMA)이 각종 자연 재앙을 통괄 관리하고 있지만 특히 미리예방하는 데 연구개발(R&D)을 중요시한다. 각 대학 연구진과 실제 설계진을 통합한 연구위원회를 구성해 이와관련한 보고서를 출간하고 있다. 내진건축물을 설계하는 것은 결코 낭비가 아니다. 내진건축물은 태풍 등에도견딜 수 있는 힘이 되고 테러 등의 폭발 충격에도 견딜 수 있게 한다.

수많은 사상자를 내고 도시를 폐허로 만드는 재앙을 피하기 위해 이제부터라도 내진설계와 기존 건축물에 대한내진보강 작업에 관심을 기울여야 할 것이다. 지진은 결코 불가항력적인 재난만은 아니다. 대비 여하에 따라 일본 후쿠시마의 밤도 되고 미국 캘리포니아의 아침도 되는 것이다.

정석화 수필과 소설

산행 18시간

초판 인쇄 2021년 3월 2일
초판 발행 2021년 3월 2일

지은이 정석화
펴낸이 고형식
편집 이재원

펴낸곳 (주)고성도서유통
출판등록 2010년 8월 23일 등록번호 제321-2010- 000169호
주소 서울특별시 서초구 동산로19길 30-14 남양빌딩 1층
전화 02-529-7996
팩스 02-529-0030

ⓒ정석화, 2021

ISBN 979-11-87462-14-9 03800

책값은 뒤표지에 있습니다.
잘못된 책은 구입하신 서점에서 교환해 드립니다.